*1108·*

# EDVIGE.

En 1813, dans une ville moitié wallonne, moitié française, dans laquelle j'ai passé quelques unes des premières années d'exil, les moins mauvaises et les plus occupées, je lisais un volume nouvellement écrit sur l'histoire de Pologne : excellent ouvrage de style, quoique illustré çà et là de légers anachronismes. De jeunes filles jouaient et chantaient sous ma fenêtre; l'une d'elles, la plus jolie, disait une romance dont je crois me rappeler encore quelques passages :

> « Ma lèvre a l'éclat de la rose,
> Mes yeux, les rayons d'un beau jour ;
> Auprès de moi quand tout repose,
> Viens, ou je meurs d'amour.
>
> « Ma voix est pareille à la brise
> Tendre et plaintive tour à tour ;
> Mon front pâlit, mon cœur se brise,
> Viens, ou je meurs d'amour. »

C'était une de ces rondes liégeoises, sans fin et sans commencement, un de ces airs dansants que Mehul et Grétry ont transportés dans leur meilleures compositions. La jeune fille qui les chantait d'une voix pure et enfantine n'attachait encore aucune expression passionnée à ces paroles. A chaque couplet elle les disait sur un ton plus aigu; mélodie aérienne qui s'élevait en s'éloignant, comme un oiseau sautant de branche en branche, atteint jusqu'au sommet de l'arbre.

Je quittai ma lecture, et les jeunes filles m'apercevant s'enfuirent ou plutôt s'envolèrent dans toutes les directions; il ne resta que la chanteuse, qui, plus déterminée ou plus curieuse que les autres, n'avait pas encore achevé son couplet. Je lui fis signe d'approcher et lui montrai le crayon avec lequel je prenais des notes en marge de mon volume. Elle était belle, mais d'une beauté toute méridionale, attestant jusqu'à l'évidence le passage de la domination espagnole dans ces contrées. C'était Esmeralda la Bohémienne rêvée par le poète, ou plutôt la jeune reine Edvige, que Bielki son chroniqueur compare à la femme de Ménélas : « *Helenæ pulchrior.* » Elle étendit son tablier et je laissai tomber mon léger tribut. Puis elle s'éloigna, prit une corbeille posée sur un banc de pierre, et en l'entr'ouvrant me fit voir un gros œillet rouge et frais comme ses lèvres; la fleur jetée au vent avec un geste d'adieu vint tomber au pied de ma fenêtre, et fut pieusement recueillie dans le livre à la page même qui renfermait l'histoire d'Edvige. Cette fleur et cette gracieuse apparition ne sont pas tout à fait étrangères à la composition du drame que je livre aujourd'hui au public.

Quelques mois après, mon poème achevé, je me rendis dans certain grand théâtre, où après bien des pourparlers, je parvins à me faire ouvrir ce sanctuaire redouté des jeunes écrivains, que l'on nomme le comité de lecture. Je fus écouté d'une oreille fort distraite, et je m'aperçus dès la première scène que ma sentence avait été rendue bien avant mon admission devant l'auguste tribunal de queues-rouges et de cotillons. Un de mes juges trouvait la pièce trop classique, c'est-à-dire trop simplement écrite; à l'autre elle semblait par trop romantique, c'est-à-dire surchargée d'incidents et de coups de théâtre. Chacun y voyait ce qui convenait le moins à ses habitudes et à la tournure de son caractère. Le plus savant objecta que le sujet lui paraissait avoir de l'analogie avec un sujet français, au deuxième acte surtout; qu'Edvige aurait dû s'appeler Clotilde; que la scène aurait dû se passer non pas à Cracovie, mais à Soissons. Certains fanatiques de la secte d'Omar prétendaient de même qu'il fallait brûler tous les livres à l'exception du Koran, parce que s'ils contenaient ces vérités, ces vérités se trouvaient déjà exprimées dans le Koran; s'ils renfermait des mensonges, c'était une raison de plus pour les brûler. Le rôle d'Aldona surtout, écrit d'inspiration, scandalisa vivement la Célimène qui se trouvait en face de moi, et qui n'hésita pas à déclarer tout haut que ce personnage lui semblait *immoral*. La passion cependant, prise sur le fait et dans sa rudesse native, ne pouvait avoir le langage élégant et raffiné d'une civilisation à son déclin, de la poudre, des paniers et des mouches. Tous mes juges furent d'accord sur un point, c'est que j'étais un lecteur indigne; et en effet j'avais lu comme un écolier. Que faire? je me résignai; et je me lassai bientôt de frapper à une porte qui ne s'ouvre plus que devant les morts.

Je portai mon manuscrit au théâtre des essais, au delà des ponts. La pièce lue devant l'illustre aréopage de ce théâtre par un lecteur plus habile, fut reçue à l'*unanimité*. Mais la direction se trouvait, comme toujours, dans une situation pécuniaire des plus embarrassantes; pour monter et costumer convenablement une pièce polonaise il fallait, me disait-on, quelque dix ou douze mille francs; je fus vraiment désolé de ne pouvoir les mettre à la disposition du secrétaire. J'eus recours aux membres du comité qui m'avaient accueilli; et pour toute réponse je reçus du digne et respectable vieillard qui le présidait une lettre fort polie, dans laquelle il m'engageait à attendre et à persévérer. Je persévérai et j'attendis. C'est alors que l'école dite du bon-sens, excellente bouffonnerie d'un journaliste, passa sur la scène comme un ouragan; un peu calme à la vérité.

Après la défaillance de l'Odéon, la cent et unième, je crois, depuis sa fondation, je m'adressai au directeur nouvellement privilégié, qui devait ouvrir pour la jeune littérature une ère de splendeur et de prospérité encore inouïes, selon le cahier de charges. Voici à peu près le colloque dont je fus gratifié par le trop célèbre archonte :

1

« On m'a rapporté qu'il y avait de bonnes choses dans votre pièce ; mais ces sacrés vers ! toujours des vers ! nous sommes mangés aux vers ! (sic). Pourquoi diable n'écrivez-vous pas en prose comme tout le monde, comme M. Jourdain, mon régisseur ? »

Cette remarque ne laissa que de m'étonner un peu de la part d'un directeur aussi littérairement subventionné.

— « Et d'ailleurs votre principal personnage, celui qui occupe toujours la scène et le public, est un jésuite ! »

Je protestai hautement contre cette qualification qui s'adressait sans doute à la grande figure d'Adalbert, et j'observai qu'à l'époque du drame, c'est-à-dire vers la fin du quatorzième siècle, le nom même de cette honorable compagnie n'avait pas encore été inventé. Il est vrai qu'Adalbert était un prêtre chrétien, dans la plus belle, dans la plus humaine signification de ce mot.

— « N'importe ; prêtre ou jésuite, c'est exactement la même chose, et je n'en veux point sur mon théâtre : entendez-vous ? » Cet argument à la façon de Haynau me parut sans réplique, et je renonçai à faire violence aux convictions du célèbre et profond magistrat. Platon expulsait les poètes de sa république idéale ; est-ce que les directeurs parisiens voudraient en faire autant pour leurs tréteaux industriels ?

C'est ainsi que se passaient les choses sous la monarchie. Il est vrai que sous certains rapports elles ne vont pas mieux de nos jours. Dans nos vieux états de l'Europe, le pouvoir est presque partout aux mains d'une association de fourbes et d'imbéciles.

Cependant une révolution, c'est-à-dire plus qu'une catastrophe, vint renouveler la France, et secoua la vieille Europe jusque dans ses fondements. Cette aurore de liberté qui semblait se lever sur mon pays m'attirait invinciblement vers l'Orient ! Porté par le flot de Février, je partis avec mes frères en exil, espérant ne jamais revenir... Sur la parole d'un illustre orateur je croyais voir la Pologne renaissante et rompant ses chaînes : je ne trouvai que le tombeau d'un peuple gardé par trois assassins couronnés. Je revins le cœur navré, l'âme plus triste que jamais ; parce qu'une croyance religieusement nourrie pendant dix-huit ans d'épreuve, croyance d'amour et de dévouement, venait encore de me quitter.

Aujourd'hui mon seul but est de faire connaître à l'Europe, dans une langue devenue presque universelle, depuis Louis XIV, les titres que la Pologne eut dans tous les temps au respect des nations. Je repris donc la plume, et une œuvre nouvelle, déjà terminée, est sortie de cette impulsion.

Pour revenir à notre Edvige, jamais sujet ne s'est offert à la pensée d'un auteur dramatique plus populaire, plus complet ; s'il présente quelques écueils dans l'exécution, c'est en ce qu'il a de trop idéal, de trop divin dans la réalité même de l'histoire. Ce point de vue lui est commun avec l'héroïne de Domrémy, sujet dont personne jusqu'à présent, pas même le brillant et pindarique Soumet, n'a pu atteindre et dominer l'inspiration. Fille du grand Louis de Hongrie ; descendant par son père de Charles d'Anjou, le frère du saint de Louis de France ; nièce de Kasimir le dernier des Piasts polonais, par Elisabeth sa mère, Edvige appartient de fait à ces trois peuples, dans le sein desquels Dieu déposa depuis les siècles le feu libérateur du monde ! Ange envoyé du ciel, comme Jeanne, elle y remonta aussitôt sa destinée remplie.

Aujourd'hui une auréole nouvelle vient d'être ajouté à ce beau front déjà couvert de tant d'adorations. Le nom d'Edvige n'est plus ignoré de la France, il vient d'être applaudi par ce même public qui avait déjà accueilli ses deux devancières : Françoise, l'héroïne du Dante, et Griselde, la fille du peuple, car le peuple aime la poésie d'instinct, comme l'enfant aime tout ce qui brille et rayonne : le chant, le soleil et les fleurs.

Ce nom magique de la Pologne a fait tout le succès de ma pièce : il portera bonheur à toutes les compositions qui seront puisées dans son histoire, parce qu'il résume en lui seul toutes les croyances ternies, toutes les pensées de salut de l'Europe républicaine.

La Tragédie, cette auguste exilée des théâtres soi-disant littéraires, a demandé asile au boulevard ; et ses habitants l'ont accueillie comme un hôte divin, en semant sous ses pieds des fleurs et des offrandes.

Pourquoi n'élèverait-on pas aussi pour ce peuple des boulevards un théâtre vraiment littéraire ? une scène d'histoire et d'enseignement national ? Shakespeare traduisait bien ses drames en vers pour le public anglais de son époque, qui certes n'était ni plus cultivé ni plus intelligent que le nôtre.

Sans vouloir imiter nos Colysées anciens, ne pourrait-on pas réunir dans une vaste enceinte toute une portion du peuple environnant, que les moyens nouveaux de communication permettraient de transporter, à peu de frais, dans les grands foyers de civilisation ? Le drame ne pourrait-il pas être l'histoire vivante d'un pays, le miroir véridique et fidèle de son passé ? Ne devrait-on pas à jamais renoncer à cette nécessité puérile de transformer les faits historiques en les dénaturant, de les *arranger* pour la scène ? Un théâtre fondé sur ces principes serait tout différent de ceux qu'on a l'habitude ou la manie des privilèges ont fait ériger de nos jours. — Faire vivre une nation pendant quelques heures dans les siècles écoulés ; lui donner les grandes leçons des faits accomplis par ceux-mêmes qui en ont été les moteurs ou les instruments ; lui montrer comment l'expiation suit de près le crime, pour les peuples aussi bien que pour les individus ; quand ce n'est pas le châtiment par le fer ennemi, c'est par la honte, l'isolement, ou le plus terrible de tous, la guerre civile ; — voilà quelle serait la tâche d'un poète dramatique, qui voudrait en même temps garder sa qualité de citoyen ; voilà quel serait le but de ce théâtre dont nous appelons de tous nos vœux la création, et qui aurait pour nom glorieux LE THÉÂTRE DU PEUPLE.

Paris, 14 juillet 1850.

# EDVIGE

## ou

## LA POLOGNE AU MOYEN-AGE.

### DRAME EN CINQ ACTES EN VERS,

### PAR M. CHRISTIEN OSTROWSKI;

REPRÉSENTÉ POUR LA PREMIÈRE FOIS, LE 16 JUIN 1850, AU THÉÂTRE DE LA GAITÉ.

| PERSONNAGES. | ACTEURS. | PERSONNAGES. | ACTEURS. |
|---|---|---|---|
| LADISLAS JAGHELLON, grand-duc de Lithuanie, roi de Pologne . . . | MM. Marius. | LE LÉGAT DE ROME.......... | Berger. |
| ADALBERT, primat de Pologne.... | Gauthier. | SIGISMOND, servant d'armes d'Edvige....................... | Lapierre. |
| ALEXANDRE VITOLD, parent de Jaghellon..................... | Arthur V. | EDVIGE D'ANJOU, reine de Pologne....................... | Mlle Thaïs Petit. |
| LE DUC DE VARSOVIE ........ | Girard. | ALDONA, sœur de Vitold........ | Mme Derouet. |
| HERMAN-LE-RENÉGAT, chevalier teutonique............... | Noailles. | ANNA DE CILLY, parente d'Edvige. | Mme Mina Périer. |
| UN AFFILÉ................. | Acquier. | THÉRÈSE, suivante d'Edvige...... | Mlle Aimée Fanny. |
| | | La Cour, les Chevaliers, le peuple. | |

*La scène se passe à Cracovie, dans le château royal, en 1386.*

## ACTE PREMIER,

### LES PAYENS DE VILNA.

La salle du conseil; grand balcon ouvert sur la Vistule et la ville au fond; portes latérales aux deuxième et troisième plan; au premier plan gauche un fauteuil armorié; aigles blanches et drapeaux surmontant le balcon; au premier plan droit, porte de l'oratoire, surmontée d'un tableau de la Vierge.

### SCÈNE I.

EDVIGE *sur le fauteuil,* ANNA, THÉRÈSE *au-dessus,* ADALBERT, LE LÉGAT, LE DUC DE VARSOVIE *sur l'avant-scène droite,* HERMAN *sur l'avant-scène gauche,* Hérauts d'Armes, Chevaliers, Sénateurs *au fond.*

UN HÉRAUT, *annonçant.*

L'envoyé du grand-duc.

2. EDVIGE.

Qu'il s'éloigne : c'est bien !
Il a fait son devoir et je ferai le mien.

3. ADALBERT.

Ainsi, vous refusez, Madame?

EDVIGE.

Oui, je refuse !
Moi, reine et fiancée à Guilhem de Raguse?
Que votre ambassadeur soit instruit de mes vœux;
Qu'il retourne à Vilna, c'est assez: je le veux.

4. LE DUC DE VARSOVIE.

Reine Edvige, nos lois que vous devez connaître,
Seules ont le pouvoir de nous donner un maître.
Vous devez, de nos mains, accepter un époux:
Vous régnez à ce prix.

EDVIGE.

Seigneur, oubliez-vous
Que déjà nos serments consacrés par l'Église?...

LE LÉGAT.

Quels que soient vos serments, Rome nous autorise,
Madame, à vous offrir ses dispenses...

EDVIGE.
Jamais!

Si même le Saint-Siége, à qui je me soumets,
Du haut du Vatican m'imposait le divorce,
Je n'aurais, Monseigneur, ni le droit ni la force
D'acheter les pardons que l'on daigne m'offrir.

1. HERMAN.

Ces États qu'on vous donne, on peut les conquérir...

ADALBERT.

Un soldat teutonique, un moine, un homme lige,
De quel droit prend-il place au grand-conseil d'Edvige ?

HERMAN.

Nos droits, seigneur primat, sont égaux à vos droits,
Nous portons, comme vous, le surplis et la croix;
Et de plus, au respect que ce fer vous engage.

ADALBERT.

D'Herman-le-renégat voilà bien le langage!
Fils d'un Ordre parjure, intrus dans ce pays,
Vos serments devant Dieu, vous les avez trahis ;
Il ne vous reste plus, commandeurs et grands-maîtres,
Qu'à renier le Christ, la foi de vos ancêtres!...
Chevaliers, sénateurs, vous tous ici présents !
Vous , fille de nos rois, couronnée à quinze ans!
Et vous, prince ! écoutez les conseils que m'inspire
Mon devoir de veiller au salut de l'empire :
Proscrit, sous vos drapeaux vous m'avez abrité,
Je vous dois aujourd'hui toute la vérité !...
Lorsque Louis d'Anjou, vainqueur des rois Bohêmes,
Sur le front de sa fille unit trois diadèmes,
Edvige, que ce peuple appelle avec amour
L'ange de la Pologne, a promis à son tour
De la rendre à jamais glorieuse et prospère
Comme sous Kasimir, son illustre grand-père !
Jaghellon par ma voix vous offre son appui:
Le sénat polonais se déclare pour lui,
L'armée, avec orgueil, pour son chef le désigne
Et décerne en espoir la couronne au plus digne !...
Du jour qui doit unir par la gloire et l'hymen
Les heureux habitants des deux bords du Niémen,
A vous les vastes mers, les campagnes fécondes ;
Notre aigle blanche étend ses ailes sur deux mondes :
L'Orient et le Nord, la Baltique et l'Euxin.
Affranchis par ses lois, réchauffés dans son sein,
Vingt peuples, détachés du vieux chêne des Slaves,
Sous le joug teutonique indignés d'être esclaves,
Viennent vous demander leur antique unité
Au nom de la patrie et de l'humanité.
Le torrent de l'Asie, entravé dans sa course,
Tourbillonne, s'arrête et remonte à sa source:
Je vois deux nations renaître à vos bienfaits,
La fleur des arts, s'ouvrir au soleil de la paix,
L'espoir dans tous les cœurs ; et déjà ce prodige
S'accomplit sous nos yeux, par les grâces d'Edvige.
Madame, si le roi, m'accueillant à sa cour,
Pour sa fille, en mourant, m'a transmis son amour ;
Si le conseils pieux que mon zèle m'inspire
Sur cette âme chrétienne ont gardé quelque empire,
Répondez à Vitold, aujourd'hui dans ce lieu ;
C'est la voix du pays : la volonté de Dieu !

EDVIGE.

Eh bien ! vous l'exigez : qu'il vienne ! je suis prête !
(Le héraut s'incline et sort).
De Guilhem, votre roi, je serai l'interprète.
Moi, la fille des Piast, je brave l'étranger ;
Mais vous me connaissez, rien ne peut me changer.
(à part).
Vers moi, reine des cieux, que son cœur le rappelle !...
Introduisez Vitold.

LE HÉRAUT.

Le voici !

~~~~~~~~~~~~~~~~~~~~~~~~~~~~~~~~~~~~~~~~~~~~

# SCÈNE II.

LES MÊMES; VITOLD suivi de pages, portant des armes
et des drapeaux ; PRINCES LITHUANIENS.

5. VITOLD.
Qu'elle est belle !...

Fille des Boleslas et de Louis-le-Grand !
Au nom de Jaghellon, moi Vitold, son parent,
Je viens vous proposer l'éternelle alliance
De deux peuples rivaux, d'une égale vaillance,
Et, bien que séparés, marchant avec ardeur
Par des chemins divers, à la même grandeur.
Jaghellon m'a choisi pour défendre sa cause :
Fidèle à mon message, à vos pieds je dépose
Ces armes, ces drapeaux conquis par votre époux.

HERMAN, à la reine.
Votre époux ? Un païen !

EDVIGE, à Vitold.
Seigneur, y pensez-vous ?...

Jaghellon est encore idolâtre, barbare;
Un flot de sang chrétien pour jamais nous sépare !
Depuis treize cents ans votre peuple est le seul
Qui, n'osant du mensonge écarter le linceul,
Et du saint Évangile ignorant les symboles,
Le front dans la poussière, invoque les idoles!
Dites à votre duc...

VITOLD.
Edvige, écoutez-moi :

Vous voir, c'est vous aimer, c'est renaître à la foi.
Achevez dignement votre œuvre, ô belle reine!
Réservée à l'amour et non pas à la haine.
Dites un mot, un seul, et le duc que je sers
Portera l'Évangile au fond de nos déserts.
Les faux dieux tomberont du sommet de leurs temples;
Tout son peuple, imitant de si nobles exemples,
N'aura plus, converti sous le roi votre époux,
D'autre autel que son cœur, d'autre idole que vous !

LE DUC DE VARSOVIE.
Prince du sang royal, devant Dieu j'abandonne
Tous les droits souverains que la gloire me donne.
Je les cède au grand-duc ; l'intérêt du pays
Commande un sacrifice, il parle, j'obéis:
Madame, imitez-moi.

EDVIGE, à part.
Ciel ! que dois-je répondre?...

**HERMAN.**

Guerriers, votre silence a droit de me confondre !
Eh quoi ? souffrirez-vous qu'un satrape inhumain
Chef d'un État d'hier, prêt à mourir demain,
Vienne vous dominer ?

**VITOLD.**

Je reconnais cet Ordre,
Vampire insatiable et toujours prêt à mordre,
Les Teutons ! vil ramas de traîtres ou d'ingrats.
Mais on sait à Malborg ce que pèse son bras :
Son nom... il est écrit sur toutes vos murailles !
Regardez vos sillons couverts de funérailles,
Vos cités en ruine et vos temples fumants,
De sa juste vengeance éternels monuments :
Voilà ses droits, mon frère, à cet honneur insigne
Que vous lui contestez et dont il se croit digne.

**HERMAN.**

Il ne l'obtiendra pas !

**EDVIGE.**

De grâce, laissez-nous !

**VITOLD.**

Pour son peuple et pour lui je tombe à vos genoux.
Ne le refusez pas ; rendez une sentence
Qui des Slaves romains soutiendra l'existence.
Mais jetez un regard sur la plaine : voyez
Ces pavillons flottants, ces drapeaux déployés,
De leurs vagues de flamme étreignant cette ville ;
Choisissez : l'alliance ou la guerre civile !
Un signal de ce cor traversant le vallon,
Soulève tous ces flots au cri de Jaghellon...

**HERMAN.**

Vous l'entendez, Madame !...

**VITOLD.**

Et la foudre est moins prompte
Que son bras, quand il faut châtier qui l'affronte !
Messeigneurs, notre chef ne fait rien à demi :
S'il n'est point son époux, craignez votre ennemi !

**EDVIGE, se levant.**

Lui ! mon époux ? jamais !

**HERMAN ET LES CHEVALIERS.**

Jamais !

**VITOLD.**

Guerre éternelle !
Que l'ange de la mort vous frappe de son aile !
Puisque l'éclair a lui, que le sang répandu
Ne tombe que sur vous !

*Il s'approche du balcon et s'apprête à donner du cor.*

**ADALBERT.**

Mon fils !

**VITOLD.**

Qu'ai-je entendu ?...

**ADALBERT.**

Silence !..

**HERMAN.**

A moi, soldats !... désarmez ce barbare !...

**LE DUC DE VARSOVIE.**

Restez !... prince Vitold, quel transport vous égare ?...

**VITOLD.**

Mon père ?...

**HERMAN ET LES CHEVALIERS, tirant leurs glaives.**

A bas le traître !..

**3. EDVIGE, descendant au milieu.**

Arrêtez ! arrêtez !
Au nom de la Pologne à qui vous insultez !...
Si quelqu'un, dans ce lieu tout rempli de sa gloire,
Des bienfaits de son règne a perdu la mémoire,
Fille du grand Louis, devant Dieu, j'ai juré
D'écraser la révolte et je l'écraserai !...

*(à Herman.)*

Prêtre et soldat, vivant de prière et d'aumône,
Vous qui tirez le glaive ici, devant le trône,
Désirant prévenir de pareils attentats,
Je vous donne deux jours pour quitter mes États.
Mon père en ce château vous offrit un asile :
Vous l'avez outragé, sortez ! je vous exile !

**HERMAN.**

Madame !

**EDVIGE.**

Obéissez !

*(Herman s'incline et sort à droite).*

*(à Vitold).* Quant à vous, Monseigneur,
Portez à Jaghellon nos souhaits de bonheur.
Qu'il choisisse à Vilna de plus dignes conquêtes ;
Nous bravons la menace et nos armes sont prêtes !...
Soyez chrétiens d'abord ; et nous verrons après
Si nous devons unir nos droits, nos intérêts.
Car vous ne voudrez pas de nous forcer, je l'espère,
A trahir des serments consacrés par mon père !
Prenez cette oriflamme !... Un jour, dans les combats,
S'il invoque ce Dieu qu'il ne connaissait pas,
Touchant ce labarum que ma main vous désigne,
Vous direz : « A genoux, tu vaincras à ce signe ! »

*(aux chevaliers).*

Mais parjure à l'honneur, à mes vœux les plus chers,
Si je suis condamnée à régner dans les fers,
Interroi de Pologne, annoncez l'interrègne !
Excepté l'esclavage il n'est rien que je craigne :
Moi, je livre à l'oubli ce front découronné ;
Je vous rends ce fardeau que vous m'avez donné.
Je ne souffrirai plus, par ce saint diadème,
Que l'on ose, sans moi, disposer de moi-même !
Allez dire au sénat que c'est ma volonté :
La couronne à mon peuple ! à moi, la liberté !
Vous m'avez entendue !..

*Elle sort par la porte latérale du 2e plan gauche,
suivie d'Anna, de Thérèse, et des seigneurs qui occu-
pent le fond gauche. Le duc de Varsovie sort par
la porte du 3e plan droit, suivi du reste des seigneurs polonais et du cortège de Vitold.*

---

## SCÈNE III.

### ADALBERT, VITOLD.

**VITOLD.**

Un seul instant, de grâce :
Est-ce bien vous, mon père ?

ADALBERT.

Oui, c'est moi qui t'embrasse,
Moi, qui t'aime toujours !

VITOLD.

Merci, mon Dieu ! Vivant ?

ADALBERT.

Partage les transports de ce cœur triomphant !
Je vois ton front paré de quatre ans de victoires,
De tous les dévouements et de toutes les gloires ;
Couronner son rival c'est être plus qu'un roi !
Ton père avec respect s'incline devant toi.

VITOLD.

Ce n'est donc pas un rêve ?... O mon Dieu ! quel prodige
Vous rend à mon amour près du trône d'Edvige ?
Vous, le noble Keystout ! vous, mon père adoré !

ADALBERT.

Je suis Keystout : ce nom doit s'éteindre ignoré !
Jadis un peu de gloire illustra mon génie...
Fils du grand Gédimin, duc de Lithuanie,
Le prince de Vilna, que toi seul reconnais,
Est mort sous Adalbert, le primat polonais.
Tu sais quels coups du ciel ont frappé ma famille.
Le bouillant Jaghellon, amoureux de ma fille,
Jaloux de conquérir mes États et les tiens,
M'enferma sans pitié dans la Tour des chrétiens,
Parmi les ossements que rongeait la vipère...

VITOLD.

Juste ciel ! Jaghellon, l'assassin de mon père ?

ADALBERT.

Ecoute, sois prudent !... Mais ma fille Aldona,
Prêtresse des faux dieux, s'échappe de Vilna :
Elle entre dans la tour, n'apportant que sa lyre,
Sa beauté de quinze ans, ses pleurs et son délire.
« Je viens pour te sauver ou mourir avec toi,
Dit-elle. » A son aspect, je jette un cri d'effroi :
» Dieu chrétien ! si jamais ta bonté souveraine
Préserva les martyrs exposés dans l'arène,
Prends mon sang, prends mes jours, Dieu juste ! Dieu
Et je te bénirai; mais sauve mon enfant »    [vivant !
A travers ma prison j'entends crier aux armes !
Aux accents de sa lyre, à ses chants pleins de larmes,
Les serpents fascinés se dressent à l'entour ;
Mais des sbires germains pénètrent dans la tour,
Et laissant sous le fer ma poitrine entr'ouverte,
Ils entraînent ma fille... et la tour fut déserte...
Et puis, tout disparut !... Quand je rouvris les yeux
Je me vis dans les bras de ces moines pieux
Qui fondaient à Vilna, recueillis par un pâtre,
Un asile chrétien sur le sol idolâtre.
La charité céleste enflammait leurs discours.
Dès lors, tout fut changé. Guéri par leur secours,
J'apprenais à chérir ce Dieu, dont la puissance
Se révélait à moi par la reconnaissance !...
Lorsqu'un vil renégat, complice de l'enfer,
Porte sur nos autels l'incendie et le fer.
Le brasier boit le sang des martyrs; et leurs âmes
Remontent vers les cieux, en chantant dans les flammes !
Seul, je fus épargné. Depuis ce jour d'effroi,
Je mendiai pour vivre... et pourtant, j'étais roi !...
Sur la terre natale étranger, sans asile,
Je fuis loin des cités dont la crainte m'exile...

Marchant la nuit, scrutant les passages secrets,
Le jour, me reposant à l'ombre des forêts,
Où souvent le proscrit trouve à peine une pierre,
Quand l'aile du sommeil vient toucher sa paupière !
Un seul espoir me luit : c'est le martyre !... Enfin
Je vois, à mon chevet, le spectre de la faim.
Maudit, abandonné de toute la nature,
Du mépris des passants je subis la torture...
Mais pourquoi rappeler ce malheur déchirant,
Quand je souffre à toute heure un supplice plus grand :
L'exil,; le dur exil ! tourment que rien n'exprime,
Plus sombre que l'enfer ! plus poignant que le crime !
Ce rêve du pays qu'on ne peut r trouver...
Jaghellon puisse-t-il ne jamais l'éprouver !

VITOLD.

Mon père !...

ADALBERT.

Cependant, le ciel de la Hongrie
Apparut devant moi comme une autre patrie.
Attachant cette croix sur mon sein mutilé,
La reine Elisabeth recueillit l'exilé.
Je lui fis le serment de veiller sur sa fille,
Cher et suprême espoir d'une illustre famille,
Appelée à monter, par le choix du pays,
Sur le trône vacant de son père Louis.
De sa rare beauté subissant le prestige,
Ma tendresse retrouva Aldona dans Edvige,
Mais, plus sainte à mes yeux, telle qu'au premier jour,
Avant que le bûcher n'expiât son amour...
J'ai prié Dieu pour elle et pour toi, je l'atteste !
Voilà ma destinée... Edvige a fait le reste...
Jaghellon sera roi; lui seul est assez fort
Pour vaincre et désarmer les barbares du Nord ;
Au joug de l'étranger lui seul peut nous soustraire...
Imite-moi, mon fils; pardonne, et sois son frère.

VITOLD.

Je l'ai fait comme vous. Sur la croix j'ai promis
De servir Jaghellon contre ses ennemis.
Je n'ai plus qu'un souhait; il domine tout autre :
C'est d'élever mon cœur au dévouement du vôtre.

ADALBERT.

Dans mes bras, cher Vitold ! Que la main du Seigneur
Vous donne, ô mes enfants ! la gloire et le bonheur ;
Alors, dans le tombeau, calme, je puis descendre,
Car la Pologne en paix grandira sur ma cendre !...
N'est-ce pas Sigismond arrêté sur le seuil ?
Que vient-il m'annoncer ?

*\*\*\*\*\*\*\*\*\*\*\*\*\*\*\*\*\*\*\*\*\*\*\*\*\*\*\**

## SCÈNE IV.

LES MÊMES; SIGISMOND.

3. SIGISMOND.

La Hongrie est en deuil...

La reine-mère...

ADALBERT.

Morte ?

SIGISMOND.

Oui, mort... assassinée !...

Voilà ses volontés.

ADALBERT, lisant.

Edvige... Infortunée !...

Souvent un Dieu vengeur de ses foudres ardents
Pour les crimes des rois, frappe leurs descendants...

UN PAGE, annonçant.

La reine!...

ADALBERT.

Laissez-nous ! C'est le ciel qui l'envoie.

*Vitold sort par le 3° plan droit, suivi de Sigismond.*

~~~~~~~~~~~~~~~~~~~~~~~~~~~~~~~~~~~~

## SCÈNE V.

### EDVIGE, ADALBERT.

EDVIGE.

Comment vous exprimer mon ivresse et ma joie!
Guilhem revient ce soir... Vous détournez les yeux?

ADALBERT.

Reine Edvige! Invoquons la clémence des cieux.

EDVIGE.

Vous pleurez! quel malheur faut-il que je redoute?

ADALBERT.

Le plus affreux de tous.

EDVIGE.

Parlez! je vous écoute...

Ma mère?..

ADALBERT.

Du courage! Elisabeth n'est plus!...
Son âme est remontée au séjour des élus:
Elle priera pour vous!

EDVIGE.

Ma mère !!..

ADALBERT.

Un servant d'armes

Vous apporte un écrit tout trempé de ses larmes;
C'est le vœu d'une sainte et son dernier désir
Tracé par une main que la mort va saisir:
Cet écrit, le voici.

EDVIGE.

Les larmes de ma mère !!!

Non, je ne puis !... mes yeux se troublent... O mon père,
Lisez...

ADALBERT.

« Je vais mourir, je vais prier pour toi
Ma fille, mon bonheur, ma dernière pensée!...
La Pologne est ta mère, et le peuple est ton roi!.. »
Elle écrivait encore et sa main s'est glacée...

EDVIGE, joignant les mains.

Pitié, mon Dieu !... Marie, ô vierge des douleurs,
Sois ma mère à présent!

ADALBERT.

Sois fière de tes pleurs,

Edvige! Dieu t'appelle entre toutes les femmes!
Tes larmes serviront au baptême des âmes
Dans la nuit infernale attendant que ta main
Des célestes clartés leur ouvre le chemin.

Pour laisser la Pologne après toi forte et grande,
Tu devais à sa gloire égaler ton offrande!
Parmi les nations j'entends un cri d'amour:
« Voici venir l'enfant qui prép re en ce jour
Les chemins du Seigneur ! c'est la vierge immortelle!
Peuples, courbez vos fronts! lois, tombez devant elle!
Relevez-vous chrétiens, et martyrs de la foi... »
Sois fière de tes pleurs; cette offrande, c'est toi!

EDVIGE.

N'ai-je pas tout donné? parlez, que dois-je faire?

ADALBERT.

Convertir Jaghellon : c'est le vœu de ta mère!

EDVIGE.

Convertir Jaghellon? Guilhem est mon époux!

ADALBERT.

Il reçut tes serments : mais Dieu les a dissous!

EDVIGE.

Laissez-moi, par pitié, ma dernière espérance!

ADALBERT.

Le chemin qui conduit au ciel, c'est la souffrance!

EDVIGE.

La mort ! plutôt la mort!

ADALBERT.

Fille du grand Louis,

Il faut vivre et régner : Dieu le veut! obéis!
Songe au sang des martyrs couronnés dans ce temple,
Et qui tous, en mourant, t'ont laissé leur exemple :
Ton aïeul Kasimir, le roi des paysans,
Edvige, moissonné à la fleur de ses ans,
Étienne de Hongrie et saint Louis de France :
Le monde slave attend de toi sa délivrance!
La païenne Vanda, son poignard à la main,
Échappait dans ce fleuve à l'amour d'un Germain!...
Mais quoi! chaque sillon de la terre où nous sommes
N'est-il pas, mon enfant, le berceau des grands hommes,
La tombe des martyrs, mourant avec fierté,
Soldats de la Pologne et de la liberté!
Ces exemples si grands, c'est à toi de les suivre :
Femme, il faut te soumettre et chrétienne, il faut vivre!
Ta place est désignée au séjour de bonheur
Parmi les séraphins, les élus du Seigneur,
Et déjà dans les cieux, dont je suis l'interprète,
Fille des Boleslas, ta couronne s'apprête!...

EDVIGE.

J'attendrai Jaghellon; il connaîtra mon cœur,
Et peut-être lui-même...

ADALBERT.

Achève, Dieu vainqueur!

*(Il tire un reliquaire de son sein et l'étend sur la tête d'Edvige, qui s'agenouille).*

Par ce sang, qui coula sur la croix de Solyme;
Par les larmes du Christ et son trépas sublime,
Je consacre ton âme aux grandeurs de la foi :
Épouse du Seigneur, gloire à toi! gloire à toi!
Il a donné son fils pour le salut du monde...

EDVIGE, *lui remettant son anneau.*
Qu'avec sa volonté la mienne se confonde ..
Je meurs !...

ADALBERT.
Prince Vitold !...

*(Il relève Edvige; la porte du 3e plan droit s'ouvre,*
*Vitold paraît sur le seuil).*
Proclamez à l'instant
Le roi Ladislas quatre au peuple qui l'attend !
*Edvige se jette dans ses bras.*

FIN DU PREMIER ACTE.

# ACTE DEUXIÈME.

## LE BAPTÊME DU ROI.

Salle du trône festonnée de fleurs de lys et d'aigles blanches ; à droite, deuxième plan, le trône ; sur l'avant-scène droite un tabouret sur lequel est assise Anna lisant ; au deuxième plan gauche, une table ; à droite de la table, un fauteuil où est assise Edvige écrivant ; Thérèse est auprès d'elle occupée à terminer sa toilette.

## SCÈNE I.

### EDVIGE, THÉRÈSE, ANNA.

1. THÉRÈSE.
Anna, poserons-nous la couronne d'Étienne ?

3. ANNA.
Plutôt ces fleurs de lys, sa devise et la tienne ..
*(Lisant).*
Toujours la même page... humide de ses pleurs !

THÉRÈSE.
Je t'écoute.

ANNA.
« Or, à cette époque, florissait en Bourgogne une jeune reine
célèbre par sa beauté, comme par ses vertus...

THÉRÈSE, *l'interrompant.*
Admirez mon poème de fleurs !

ANNA.
Thérèse !...
« Des chevaliers, des barons et des princes de tous les pays
se disputaient le cœur et la main de Clotilde...

THÉRÈSE.
Si j'étais assise au rang suprême
Le front superbe, orné d'un pareil diadème...

ANNA.
Eh bien ?

THÉRÈSE.
Dans un tournoi, j'offrirais au vainqueur
De tous les chevaliers, ma couronne et mon cœur !

ANNA.
Jaghellon serait roi !...
« Les députés de Clovis l'ayant vue, en parlèrent avec tant
d'éloge au roi des Francs, qu'il jura de se faire chrétien...

THÉRÈSE.
Pour Dieu seul ?

ANNA.
Qui t'oblige
A parler ?...

THÉRÈSE.
Je me tais.

ANNA.
« Tant pour se faire couronner r... de Bourgogne que pour
jouir de chose si belle ; car elle ... t belle à merveilles...

THÉRÈSE.
Oh ! moins belle qu'Edvige !

ANNA.
Voyez plutôt ?

Enfant !...
« Clovis fit serment de brûler ce qu'il avait adoré, et d'a-
dorer ce qu'il avait brûlé... »
Que j'aime ce trésor
Cent fois relu, cent fois quitté, repris encor ;
Que j'aime à mesurer l'abîme qui sépare
Le roi du meurtrier, le chrétien du barbare ;
Et qu'un amour heureux, si longtemps combattu,
Au cœur qu'il ennoblit fait germer de vertu !

THÉRÈSE.
Maintenant, pour Clovis notre sainte est parée ..
A genoux le Sicambre !

ANNA.
As-tu vu son entrée,
Thérèse ?

3. THÉRÈSE.
J'observais, sur la tour du beffroi.
Il passait, calme et fier, sur son blanc palefroi ;
Ses guerriers l'acclamaient : les cloches ébranlées
Au canon du château répondaient par volées ;»
Tout un peuple en émoi, les seigneurs, les prélats,
Saluaient le grand-duc du nom de Ladislas :
De ses nobles païens il doit être l'idole...

ANNA.
Quand doit-il arriver ?

THÉRÈSE.
Revêtu de l'étole,
Monseigneur le légat faisait un beau discours
Sur les droits du Saint-Siège... Il en a pour trois jours
Au moins !...

ANNA, *se levant.*
Ma belle Edvige ! O ma sœur bien-aimée !
Voyez ces lys nouveaux dont la ville est semée...
Vous ne m'écoutez pas ?

2. EDVIGE, *écrivant.*
« Guilhem, pardonne-moi !
La Pologne est ma mère et le peuple est mon roi :
C'est Dieu qui l'a voulu... Sa volonté soit faite ! »

Oh! plutôt un linceul que ces habits de fête!...
Il le faut... essayons... « A revoir, devant Dieu...
Je ne dois plus t'aimer; moi, ton Edvige!... Adieu! »

THÉRÈSE.

Dans quel trouble infini sa tristesse me plonge!...
*Anna fait un signe, Thérèse s'éloigne à droite.*

## SCÈNE II.

### EDVIGE, ANNA.

EDVIGE.

Ma mère, cette nuit, m'apparut dans un songe,
Au tombeau de nos rois, adorant le Sauveur.
Un ange à ses côtés priait avec ferveur...
J'entendais sa prière, aussi pure, aussi calme
Que la brise du soir... Quand soudain, de sa palme
Il me montre les cieux, il m'appelle trois fois,
Il parle, et mes sanglots interrompent sa voix:
« Edvige! le Seigneur te choisit pour épouse;
Et de cette union dont la terre est jalouse
Naissent pour le pays, sous ton aile abrité,
Trois époques de gloire et de prospérité....»
Tout à coup, l'éclair brille; et le linceul des âges
S'ouvre à mes pieds: je vois, j'entends de noirs présages!
Quels sont ces flots de sang, ces abîmes de feu?
Où vont ces orphelins, ces proscrits? O mon Dieu!
Le dernier Jaghellon profané dans sa tombe!
Sous les rois conjurés quel grand peuple succombe?
Malheur aux nations qui le laissent mourir!...
Cet ange radieux dont l'aile va s'ouvrir
C'est lui, mon fiancé! des torrents de lumière,
D'ineffables splendeurs inondent ma paupière...
Quand soudain, j'aperçois, en le reconnaissant,
Sur sa blanche tunique un poignard teint de sang!...
Et puis, rien! que des pleurs, que des hymnes funèbres,
Conduisant un cercueil au séjour des ténèbres...
Et les ombres disaient, en passant près de moi:
« La Pologne est ta mère et le peuple est ton roi!... »
Ce n'est donc pas un songe? O ma mère chérie:
Je n'ai plus de parents, je n'ai plus de patrie!

ANNA.

Bannissez loin de vous ces images de deuil;
Songez au nations dont vous êtes l'orgueil,
A ce peuple guerrier qui vous nomme son ange...
Son amour vous console et sa gloire vous venge!
Pour vous il a formé ces couronnes de fleurs;
Faut-il donc que Guilhem soit témoin de vos pleurs?

EDVIGE.

Guilhem!...

ANNA.

Par Sigismond il attend la réponse...

EDVIGE.

La voici!... Va, dis-lui qu'à le voir je renonce.

ANNA.

Lui, votre fiancé?...

EDVIGE.

L'oublier, c'est mon sort.

ANNA.

Vous craignez sa présence?

EDVIGE.

Oui, bien plus que la mort.

ANNA.

Vous ne l'aimez donc plus?

EDVIGE.

Que ce doute m'offense,
Lui le cher compagnon, l'ami de mon enfance!
Lui, mon frère adoré, mon époux devant Dieu:
Lui qui mourra sans doute, en lisant cet adieu!...
Guilhem! c'est mon bonheur! Quand nous nous fiançâmes
Pour deux anneaux pareils échangeant nos deux âmes,
« A ce gage, dit-il, est attaché mon sort;
Lorsqu'il te reviendra sans moi, je serai mort!... »
Tu connais ce portrait: le plus beau diadème
Ne vaut pas son regard qui me disait: je t'aime!
Restes des jours heureux que mon deuil va couvrir,
Vous savez si je puis l'oublier, sans mourir!
Amour des premiers ans, suprême et sainte joie,
Chant des anges gardiens que le ciel nous envoie,
Reflet d'un meilleur monde où l'on vient de passer,
Mais que nulle splendeur ne saurait effacer!...
Oh! que ne suis-je morte, en perdant ma patrie!...
Ce jour, tu t'en souviens, sur ta tête fleurie
J'essayais ce trésor tout semé de brillants,
Dont l'éclat se mirait dans tes yeux souriants.
Lorsqu'enfin, jeune reine, il fallut me le rendre,
Quel fut ton désespoir!... Guilhem dut le reprendre,
Et tu dis: « Garde bien cet emblème de roi,
Mais je le porterai plus longtemps, après toi!... »
Ce présage a troublé mon âme toute entière:
Du sang de Kasimir tu seras l'héritière!
Si nos droits sont pareils, pauvre Anna de Cilly,
Ton berceau fut un cloître, et ton trône est l'oubli!...

ANNA.

Mon ciel, c'est votre cœur! mon bonheur, c'est le vôtre!
Ma famille, c'est vous: je n'en connais point d'autre...
A de vaines grandeurs je préfère mon sort;
Vous aimer, c'est la vie; et vous perdre, la mort!

EDVIGE.

Dans mes bras, chère Anna, que le ciel te protége!
Mais, quel est ce tumulte?

## SCÈNE III.

### LES MÊMES; THÉRÈSE.

3. THÉRÈSE.

Admirez le cortége!
Il gravit le coteau, les bannières au vent,
Et s'arrête déjà sous les murs du couvent...

2. EDVIGE.

Dieu! je me sens mourir!

1. ANNA, *à la croisée.*

Tel jadis, plein de gloire,
Revenait Kasimir après une victoire!

EDVIGE.

Guilhem!... oui, c'est ainsi qu'ils t'auraient accueilli!...
Portez-lui nos adieux, comtesse de Cilly.
*Elle lui remet la lettre, Anna sort à droite, suivie de
Thérèse.*

## SCÈNE IV.

EDVIGE *seule, à genoux devant une croix.*

Seigneur, tu l'as voulu! Que mon sort s'accomplisse!
L'esclave couronnée est prête au sacrifice...
A présent, le front calme et le cœur sans effroi,
Allons vers cet époux que mon peuple a fait roi...
(*Elle dépose le portrait, et fait un pas vers le fond*).
Ciel! Herman! arrêtez!...

*Herman est entré par la porte du 3e plan gauche.*

~~~~~~~~~~~~~~~~~~~~~~~~~~~~~~~~~~~~~~~~

## SCÈNE V.

HERMAN, EDVIGE.

HERMAN.
                        A vos pieds je réclame
Un suprême entretien!

EDVIGE.
                    Tant d'audace...

HERMAN.
                                Madame,
Un seul mot, ou je meurs.

EDVIGE.
                    Malgré ma volonté?
Si vos emportemens ont trahi ma bonté,
Vous connaissez l'emploi que le ciel vous destine:
Allez donc l'accomplir!

HERMAN.
                    Jadis, en Palestine,
Lorsque je combattais Soliman-le-Vainqueur,
Le zèle de la foi suffisait à mon cœur;
Aujourd'hui, vos bienfaits, malgré ma servitude,
M'ont fait de ce palais une douce habitude;
Et de quel soin nouveau ce cœur est agité:
Celui de votre honneur, de votre dignité;
Mais si le dévouement, si le feu qui m'anime
Ont pu vous offenser, qu'un pardon magnanime
Efface mes forfaits de votre souvenir...

EDVIGE.
Vous savez à quel prix vous devez l'obtenir!

HERMAN.
Différez, croyez-moi, cette union funeste;
Loin de vous ce païen que votre âme déteste!
Le grand-maître Konrad vous offre son appui:
Hier, son affidé, son ministre aujourd'hui,
Je viens vous assurer de notre obéissance,
Et je traite avec vous de puissance à puissance.
Le volcan de la guerre est loin de se fermer:
Voyez! il fume encore et peut se rallumer.
La Pologne, livrée au démon des discordes,
Saura-t-elle arrêter ce déluge de hordes
Qui du fond de l'Asie ayant pris son élan,
Jette au monde effrayé le nom de Tamerlan?
La révolte est partout. Son cri vous environne!
Voulez-vous un soutien qu'aucun danger n'étonne?
Disposez de mon bras, du glaive des croisés:
Il en est temps encor; Madame, refusez!

EDVIGE.
Un ministre de Dieu s'oublier de la sorte?
Le refus, c'est la guerre?

HERMAN.
                    Oui, la guerre: et qu'importe!
Oui! l'on est invincible en combattant pour vous.
Seul, je cours les braver, défier leur courroux;
Et vous apporte ici, pour première conquête,
Les Etats du grand-duc, sa couronne et sa tête!
Trop heureux, si j'obtiens un regard sans mépris,
Un regret sur ma tombe!... Ah! vous m'avez compris!
Tout mon sang est à vous: parlez! je vous écoute!

EDVIGE.
Laissez moi!...

HERMAN.
                Cet aveu vous étonne sans doute?...
Reine Edvige! à vos pieds j'ai trahi mon serment;
Vous ne savez donc pas que le cœur d'un amant
Peut encor palpiter sous l'armure du prêtre!
Moi-même, loin de vous, je l'ignorais peut être...
Mais la nature enfin, sous la pourpre ou la croix,
Se venge, tôt ou tard, de l'oubli de ses droits;
Mes regards vous l'ont dit, Madame: je vous aime!
Et l'enfer m'a permis d'achever ce blasphème,
Car l'enfer a des feux moins ardents que mon cœur.

EDVIGE.
O mon Dieu, soutiens-moi! son regard me fait peur...

HERMAN.
Demeurez: par pitié!... D'un amour sacrilège
Cette croix, sur mon cœur, à jamais vous protège,
La mort, comme un linceul, bientôt va le couvrir...
Laissez-moi seulement l'avouer et mourir.
Quand je suis près de vous, moi, maudit par mon père,
Je sens qu'il est un Dieu: je vous aime, j'espère!
Banni de vos regards, plein de trouble et d'effroi,
J'apparfiens au néant qui s'empare de moi.
En vain j'ai déchiré mon corps sous le cilice;
En vain, pour échapper à cet affreux supplice,
J'ai voulu m'enivrer du souffle des combats:
Et j'ai trouvé la gloire en cherchant le trépas!...
Dans les bras d'un rival voir passer tant de charmes
Sans pouvoir me venger? Tout mon sang, pour des larmes!
Punissez-moi! frappez! Le destin le plus doux
Ce serait de mourir de vos mains, près de vous!

EDVIGE.
Dieu puissant!... Quel est donc le forfait que j'expie
Pour avoir mérité l'amour de cet impie?

HERMAN.
Oh! je ne prétends pas mériter votre amour!
Que Guilhem, Jaghellon, soient payés de retour:
Leur bonheur, j'y consens; leur mépris, je le brave!
L'univers est à moi si je suis votre esclave!
Révoquez ma sentence! Oui, le sort le plus vil
Me rendra plus heureux qu'un trône dans l'exil!...
Reine!... on vous a parlé de ces juges célèbres
Qui tiennent leurs conseils au milieu des ténèbres
Et qui frappent le jour: Herman règne sur eux;
Il est noble, opulent, ses amis sont nombreux,
S'il paraît sans espoir, il n'est pas sans puissance!
Que lui demandez-vous?

EDVIGE.

Sortez de ma présence !

HERMAN.

Faut-il que Jaghellon meure ?

CRIS AU DEHORS.

Vive le roi !

HERMAN.

Enfer !...

EDVIGE.

Ah ! ces clameurs vous font pâlir d'effroi ?

HERMAN.

C'est à vous de trembler, pour Guilhem !... reine Edvige,
Il y va de ses jours !.

EDVIGE.

Sortez ! sortez, vous dis-je !

HERMAN, à genoux.

Grâce pour lui, pour vous !

~~~~~~~~~~~~~~~~~~~~~~~~~~~~~~~~~~~

## SCÈNE VI.

Les Mêmes: THÉRÈSE, ANNA.

2. THÉRÈSE, accourant.

Ils viennent, les voici !

1. HERMAN.

Il mourra donc, Madame.

*Il se relève et sort par la gauche.*

4. ANNA.

Encor cet homme ici ?...
Cachez bien la terreur dont votre âme agitée...

3. EDVIGE.

Chère Anna ! soutiens-moi ! pourquoi m'as-tu quittée ?
*Anna assistée de Thérèse, la fait asseoir à droite sur
le trône et sa place à gauche. Entrée par le fond droit
du duc de Varsovie, du légat apostolique, de Sigismond et des seigneurs polonais qui viennent se
ranger à droite, derrière et autour du trône d'Edvige. Entrée par le fond gauche, à la tête des princes
lithuaniens, de Vitold qui vient se placer en
face le trône. Jaghellon entre le dernier au milieu
du théâtre et vient fléchir le genou devant Edvige.*

~~~~~~~~~~~~~~~~~~~~~~~~~~~~~~~~~~~

## SCÈNE VII.

VITOLD, JAGHELLON, LE LÉGAT, SIGISMOND,
THÉRÈSE, EDVIGE, ANNA, LE DUC DE VARSO-
VIE, CHEVALIERS, PRINCES LITHUANIENS, LA COUR.

2. JAGHELLON.

Reine Edvige, voici prosterné devant vous
Le plus heureux mortel : Ladislas, votre époux !
A vous mon sang, à vous ma vie, à vous mon âme !

3. EDVIGE, avec émotion.

Prince, relevez-vous ! je ne suis qu'une femme...
Inclinez devant lui ces drapeaux triomphants.
Peuple, voici ton père : et voilà vos enfants !

De ses droits souverains la Pologne jalouse,
Au grand duc de Vilna me donne pour épouse :
Je dois, au nom du peuple, accepter cet honneur !
Dieu remit dans mes mains sa gloire, son bonheur,
Je vous en ai cru digne et je vous les confie...

JAGHELLON.

Je jure devant Dieu de consacrer ma vie
A mériter. Madame, un nom si glorieux :
Le nom de Polonais que portaient vos aïeux !
A présent j'ai deux cœurs pour aimer ma patrie,
Du sang pour la défendre ! Et votre voix chérie
M'ouvrira vers les cieux le chemin de la foi.

(aux chevaliers).

Messeigneurs et féaux, vous m'avez nommé roi ;
Mon règne tout entier doit remplir votre attente
Et verser sur le peuple une gloire éclatante...

6. LE DUC DE VARSOVIE.

Soyez les bien-venus !

JAGHELLON.

Hongrois et Polonais,
Je vois des généraux blanchis sous le harnais :
Vous, prince, dont le bras me vaut seul une armée !
Le vaillant Tarnowski, les deux tzars de Krimée,
Et le vieux Sigismond au regard de vautour.
Mais des nonces germains j'attendais le retour ?

1. VITOLD.

Le grand-maître de Prusse, invité par moi-même
Pour vous tenir, Seigneur, sur les fonts du baptême,
Refuse de venir...

JAGHELLON.

Nous irons en passant
A Malborg, lui donner le baptême de sang :
Vous serez ses parrains !... Messeigneurs de Pologne,
Vos glaives bien trempés auront de la besogne
Devant tous ces fléaux qui nous viennent du Nord ;
Et ma hache d'arçon frappera vite et fort
Le Germain trop avant répandu sur la terre ;
Être esclave ou tyran, voilà son caractère !
Mais, avec une armée, un peuple tel que vous,
Quels que soient nos rivaux, je puis les braver tous ;
Et si vous m'en croyez, malgré leur jalousie
Je vous donne, en deux ans, la moitié de l'Asie !
Mon père, vieux soldat, dormant l'armure au cou,
A campé par trois fois sous les murs de Moscou,
Le Kremlin de sa lance a gardé le stigmata :
Avec les ongles d'or de notre aigle sarmate
Duc, allons-y graver le nom de Ladislas !
Bercé par les discours de ses doctes prélats,
Le vieux Paléologue, endormi sur son trône,
De son front d'empereur laisse choir sa couronne ;
Et le pape, effrayé du danger s'accroissant,
Ne rêve que visirs, cimeterre et croissant !
Rome invoque ses saints qui ne peuvent l'entendre :
Avec vous, Monseigneur, nous irons la défendre.

(Le légat s'incline).

Et cette mission sainte, nous la voulons
Transmettre en héritage à tous les Jaghellons,
Tous les Slaves romains ; car, si Dieu nous seconde,
La Pologne, avec nous, c'est le rempart du monde !

Aujourd'hui, livrez-vous aux douceurs du repos;
Demain la Gallicie appelle vos drapeaux :
Demain, roi de Pologne, au combat je m'élance,
Ma couronne est un casque et mon sceptre une lance!
Aux champs de Léopol, qui veut suivre le roi ?
Qui veut l'accompagner à la frontière ?

EDVIGE, *se levant.*
                                          Moi!...

Je suis du sang de France, et j'aime aussi la gloire :
Je veux à Sigismond disputer la victoire ;
Et je veux opposer pour le faire frémir
A mon père Louis, mon aïeul Kasimir !...

JAGHELLON.
Par mes dieux paternels ! la Vierge souveraine
Est moins belle que vous!

EDVIGE.
                    Sire ! elle est votre reine !...

JAGHELLON.
Je voudrais que le monde eût part à mon bonheur :
Où sont nos prisonniers ?

VITOLD.
                    Les voici, Monseigneur !

## SCÈNE VIII.

LES MÊMES; LES PRISONNIERS *venant du fond gauche,
et descendant sur le premier plan idem;* HERMAN
*et* ALDONA *restant au fond gauche.*

JAGHELLON, *aux prisonniers.*
Liberté! liberté! Reprenez confiance,
Vous, dont le sort aveugle a trahi la vaillance !
Un regard de la reine a fait tomber vos fers.
Oubliez tous les maux que vous avez soufferts ;
Aussi libres que l'air fécondant vos campagnes,
Que les aigles, planant au sommet des montagnes.

1. UN CAPTIF.
Mon père !

3. UNE FEMME DU PEUPLE.
Mon époux !

2. UN VIEILLARD *aveugle.*
Reine, je vous bénis!
Je vous vois... dans mon cœur...

2. EDVIGE.
                    Dieu nous a réunis !...

JAGHELLON.
Tout ce peuple est à vous et je viens vous le rendre.

EDVIGE.
Qui lui rendra les pleurs que l'exil fait répandre?...

JAGHELLON.
Nous saurons les tarir. Citoyens et soldats,
Que tout homme soit libre en touchant nos États;
Plus de proscrits chez nous!

LE PEUPLE.
                    Vive Ladislas quatre!

JAGHELLON.
Malheur à tous les rois qui viendront nous combattre!

Malheur à l'aigle noir, moscovite ou germain ;
A ce soir les banquets, mais la guerre, à demain!

HERMAN.
Oui, la guerre!...

*On entend le canon; Edvige sort avec sa suite.*

JAGHELLON.
                    Vitold ! qu'on prépare le temple ;
Qu'ils soient tous baptisés : le roi donne l'exemple.
*Vitold sort par la gauche, suivi des princes lithua-
niens et des prisonniers.*

HERMAN, *bas à Aldona.*
Approche et souviens-toi de ton serment...

2. ALDONA.
                                          Merci !

HERMAN.
Le portrait de Gulihem!
*Il prend le portrait, et sort par le 3e plan gauche.*

## SCÈNE IX.

ALDONA, JAGHELLON.

1. ALDONA, *s'avançant et levant son voile.*
                    Jaghellon, me voici !

JAGHELLON.
Ciel !... Aldona ! Sortez!...
                    *Les gardes se rangent au fond.*

ALDONA.
                    Tu crois donc par la fuite
Éluder l'anathème, et tromper ma poursuite?
Les dieux l'ont ordonné... je m'attache à tes pas !

JAGHELLON.
Qui t'amène? réponds : je ne te connais pas!

ALDONA.
Toi, parjure !... Il est vrai, mon exil et mes larmes
Ont creusé sur mes traits le sillon des alarmes...
Dois-je te dire un nom flétri, depuis le jour
Où tu l'as prononcé, dans un transport d'amour?
Aldona ta complice! Aldona ta victime!
La fille de Keystout! l'épouse légitime !

JAGHELLON, *d'part.*
Malheur !...

ALDONA.
                    Si tu savais que de maux j'ai soufferts !
Mais je t'aurais cherché jusqu'au fond des enfers :
J'ai bravé le remords, le mépris, l'indigence ;
Nourrissant mon amour du fiel de la vengeance!
Dans nos forêts, partout la croix, en me guidant
Comme un signe de mort, me montrait l'Occident :
Et je fuyais toujours!... La colombe échappée
Du toit natal, portant le trait qui l'a frappée ;
C'était moi !... j'avançais, la poitrine ou la main
Meurtrie, ensanglantée aux ronces du chemin !...
Depuis l'aube du jour j'épiais ton passage :
Un homme au regard sombre, au sinistre visage,
Me rencontre, et me dit : « Tiens, voici ton amant;
Laisse-moi te conduire à son couronnement. »
Si mes traits sont changés, ma tendresse est la même :
Tu me vois à tes pieds, rends-moi ton cœur, je t'aime!

JAGHELLON.
L'amante du grand-duc sur le trône du roi !

ALDONA.
Depuis quand, Jaghellon, suis-je indigne de toi ?

JAGHELLON.
Tu l'espères en vain ! mon épouse est Edvige.

ALDONA.
Edvige ton épouse !... Et moi, traître, qui suis-je ?...
Ainsi, je dois mourir... Jadis un autre accueil,
Après un jour d'exil, m'attendait sur le seuil !...
Écoute ou sois maudit !... Je suis la messagère
De nos dieux. dispersés sur la terre étrangère :
« S'il reçoit, disaient-ils, cette branche de gui,
Jaghellon reviendra, la victoire avec lui... »
Par ce signe, obéis à leur voix souveraine ;
Sinon, je veux du sang au festin de la reine !

JAGHELLON.
Du sang !... je reconnais vos conseils odieux,
Parricides sans cœur, ministres des faux dieux !
Jadis, j'en ai versé dans les flots du Passarge,
Et j'ai fait aux vautours une part assez large ;
Mes rêves sont remplis du rire affreux des morts ;
Le Dieu d'Edvige aura pitié de mes remords...
Mais pourquoi rappeler ces funestes images ?
Un ange du Seigneur a reçu mes hommages ;
Ainsi, laisse-moi libre ; ou viens me demander
Quelque grâce qu'un roi chrétien puisse accorder !

ALDONA.
Un roi chrétien, dis-tu ?... je veux mettre à l'épreuve
L'honneur de Jaghellon.

JAGHELLON.
J'écoute.

ALDONA.
Au bord du fleuve,
Dans les flancs du rocher qui porte ce manoir,
Il est un antre, affreux comme le désespoir ;
Et qui semble un passage aux vallons des ténèbres.
Quand le soir étendra ses bannières funèbres,
Oses-tu me jurer d'y descendre avec moi ?

JAGHELLON.
Au Vavel ?... mais pourquoi ?

ALDONA.
Tu demandes pourquoi ?
Ton sort est dans mes mains !

JAGHELLON.
Ma promesse l'exige.

ALDONA.
As-tu peur, Jaghellon ?

JAGHELLON.
J'y viendrai.

ALDONA.
Par Edvige ?

JAGHELLON.
Par mon amour.

ALDONA.
C'est bien : à ce soir ?

JAGHELLON.
A ce soir !

ALDONA.
Dieux vengeurs, dieux jaloux ! secondez mon espoir !
*Aldona sort par le 3ᵉ plan gauche. La toile du fond se lève : Le parvis de la cathédrale. Adalbert assisté du légat et suivi de tout le clergé s'apprête à donner le baptême au roi. Jaghellon va au-devant de la reine, qui entre par la porte du 3ᵉ plan droit avec son cortége : il lui offre la main et tous deux vont s'agenouiller devant Adalbert, qui est debout au milieu du perron ; à ses côtés un page portant les burettes : Peuple au fond.*

## SCÈNE X.

VITOLD, JAGHELLON, ADALBERT, LE LÉGAT,
EDVIGE, ANNA, THÉRÈSE, LE DUC DE VAR-
SOVIE, SIGISMOND, LA COUR, LES CHEVALIERS, LE
PEUPLE.

UN HÉRAUT, *annonçant.*
La reine ! le primat !

ADALBERT.
Dieu puissant ! que ta foudre
Éclate sur celui dont la main veut dissoudre
Cet hymen éternel de deux peuples chrétiens,
Qui seront de ta foi les plus fermes soutiens,
Et n'auront désormais qu'un pasteur et qu'un temple,
Des Slaves réunis le symbole et l'exemple.
*(A Jaghellon.)*
Votre nom ?

JAGHELLON ET LE PEUPLE.
Ladislas !

ADALBERT.
Que voulez-vous ?

JAGHELLON ET LE PEUPLE.
La foi !

ADALBERT.
Croyez-vous en l'Église éternelle ?

JAGHELLON ET LE PEUPLE.
J'y crois !

ADALBERT, *le baptisant.*
Esclave de Satan, reçois la robe blanche,
Et que l'eau du salut sur ta tête s'épanche !
*Il ondoie Jaghellon, étend les mains et bénit les deux peuples.*

FIN DU SECOND ACTE.

# ACTE TROISIÈME.

## LE VAVEL.

Site agreste et sombre; au fond, entrée du Vavel, (grotte sauvage); plans de rochers au 2ᵐᵉ et 3ᵐᵉ; à gauche, plans de forêts et broussailles; à droite, une pente de montagnes praticable, traversant toute la largeur de théâtre, venant de gauche à droite, avec un petit retour en scène de droite à gauche; dans le Vavel, adossée aux appliques de la montagne, une flamme sur une large pierre: à droite au lointain, la cathédrale avec une croix inflammable au sommet. Un banc de pierre sur l'avant-scène droite. Nuit complète.

## SCÈNE I.

### HERMAN seul.

Maudit soit le destin du proscrit! Toujours seul!
Il demande une larme, on lui jette un linceul!...
On lui brise le cœur avec indifférence,
On lui dit: «Va mourir! pour toi, plus d'espérance! »
Eh bien, meurs! feu du ciel! Mon plaisir désormais,
C'est la haine!... l'oubli! Moi, païen, je l'aimais!...
Que je souffre!... Adieu donc ces campagnes fertiles,
Tant de crimes perdus, de complots inutiles!
Ladislas couronné!.. sous un chef tel que lui,
Ce royaume sans roi, sans vigueur aujourd'hui,
Construirait des châteaux sur nos tombes germaines
Et sur le monde slave étendrait ses domaines?..
Il ne règnera pas, moi vivant! dût ce fer
Nous jeter l'un et l'autre au brasier de l'enfer!
    *(Il aperçoit la flamme).*
Une flamme! il est bon par un soir de tempête
De réchauffer ses mains... l'éclair bout dans ma tête!
Aldona c'est ma foudre: elle attend Jaghellon;
La colombe a donné rendez-vous à l'aiglon
Et le miel du Niémen est moins doux que ses charmes!
Il viendra cette nuit, seul peut-être, sans armes...
Pas une étoile au ciel! si quelqu'un le tuait?...
Tout dort! la nuit est sombre... et le fleuve muet...
Je l'attends!... Mais s'il vient escorté de son frère
Vitold?... je le connais! un esprit téméraire...
C'est le fils du régent... il voudrait être roi
L'insensé! Tôt ou tard, il reviendra vers moi.
Adalbert?... je le crains! homme sinistre, étrange,
Abîme où l'œil se perd! C'est Satan?...c'est l'archange?...
Quelle est donc sa pensée?... il sait tout, il peut tout:
C'est mon mauvais génie ou l'ombre de Keystout!...
Encore un crime... et puis, je deviens plus qu'un homme!
    *(On voit des lumières dans le château).*
Quelle fête au château! Dans ce lieu, moi qu'on nomme
Le reprouvé, j'aspire au bonheur des élus!
L'amour pour un proscrit n'est qu'un tourment de plus.
Sort bizarre et cruel! Prêtre, puis sacrilége,
Puis chevalier croisé, puis renégat... que sais-je!
Je crains d'énumérer tous mes titres ce soir;
Rien n'est sûr que ma honte et que mon désespoir:
Replongé dans ma nuit, chassé, comme un infâme!...
Jaghellon! il est là! joyeux, l'orgueil dans l'âme!
Prodiguant sa tendresse et les noms les plus doux
A cet ange du ciel, dont Dieu même est jaloux:
Et bientôt...
    *(Neuf heures sonnent).*
    Mais le bronze a frémi dans la nue!
Tremble, roi Ladislas, car ton heure est venue!

Je veux que le soupçon, comme un spectre moqueur,
D'un sarcasme éternel te déchire le cœur;
Dans les bras d'une épouse empoisonne ta joie,
Comme un dard acéré qu'il attache à sa proie:
Et lion du désert je te vois, rugissant,
Secouer, fugitif, ta crinière de sang!

## SCÈNE II.

UN AFFIDÉ, venant du 3ᵉ plan gauche, HERMAN.

### HERMAN, la main sur son épée.

Qui vive?

         L'AFFIDÉ.
    Un affidé!

         HERMAN.
    Ton signal?

         L'AFFIDÉ.
         Dieu vous garde!

         HERMAN.

Ta devise?

    L'AFFIDÉ, montrant son glaive.
    Voyez!

         HERMAN.
    Du sang?

         L'AFFIDÉ.
         Jusqu'à la garde!

         HERMAN.

De Guilhem?

         L'AFFIDÉ.
    De Guilhem.

         HERMAN.
         C'est bien toi!... j'avais tort.

D'où viens-tu?

         L'AFFIDÉ.
    Du combat.

         HERMAN.
         Il est donc blessé?

         L'AFFIDÉ.
           Mort!

         HERMAN.

Plus bas!... Que Dieu l'accueille en sa béatitude!

         L'AFFIDÉ.

Amen!

         HERMAN.

Tu l'as fouillé?

         L'AFFIDÉ.
         Selon notre habitude!

         HERMAN.

Qu'a-t-on trouvé sur lui?

L'AFFIDÉ.
Rien... presque rien.

HERMAN.
Tu mens!

L'AFFIDÉ.
Par tous les saints du ciel !

HERMAN.
Je connais tes serments...

L'AFFIDÉ, se signant.
Cette croix d'or...

HERMAN.
Après !...

L'AFFIDÉ.
Ces deux lettres...

HERMAN.
La suite !

L'AFFIDÉ.
Sa suite ? Ils sont tous morts... pas un n'a pris la fuite!

HERMAN.
Après !... Veux-tu nous rendre un service important ?

L'AFFIDÉ.
Désignez la victime et je frappe à l'instant.

HERMAN.
Le bourreau !... L'enlever, c'est bien mieux.

L'AFFIDÉ.
Qui ?

HERMAN.
La reine.

L'AFFIDÉ.
La reine !

HERMAN.
Tu frémis ?

L'AFFIDÉ.
Oui... de fiold.

HERMAN.
Je l'entraîne !...
A toi ses diamants, son voile et son manteau.

L'AFFIDÉ.
L'heure ?

HERMAN.
A l'instant.

L'AFFIDÉ.
Le lieu ?

HERMAN.
L'église du château !

L'AFFIDÉ.
Mais, c'est un sacrilége ! un scandale effroyable !

HERMAN.
Tu ne crois pas en Dieu...

L'AFFIDÉ.
Mais la justice, ah diable !...

Si l'on me pend?...

HERMAN.
Poltron !...

L'AFFIDÉ.
Qu'est-ce à dire?...

HERMAN.
Un moyen
Pour évoquer Guilhem !...

L'AFFIDÉ.
Son armure !...

HERMAN.
Fort bien !

L'AFFIDÉ.
Son écharpe...

HERMAN.
Encor mieux !

L'AFFIDÉ.
Et sa croix ?

HERMAN.
Oui, sans doute !

L'AFFIDÉ, la portant à ses lèvres.
Elle me portera bonheur !..

HERMAN.
Peut-être !... écoute.
Guilhem a des amis dévoués et nombreux :
De ses trésors, s'entend !... nous serons généreux !
Tu vas les réunir, leur montrer cette lettre ;
Il faut tout préparer, tout prévoir, tout promettre...
Mais voici Jaghellon, il est temps de partir !
Edvige en fait un saint : moi, peut-être un martyr.
Je t'achète, entends-tu ?

L'AFFIDÉ.
Monseigneur !...

HERMAN.
Bonne chance !

L'AFFIDÉ.
A quel prix ?

HERMAN, lui jetant une bourse.
Tiens, démon !

L'AFFIDÉ.
De l'or !

HERMAN.
J'ai ma vengeance.

L'affidé sort par le troisième plan gauche, Herman
par le deuxième plan droit.

## SCÈNE III.

JAGHELLON, venant du 3e plan droit, VITOLD.

VITOLD.
Nous sommes au Vavel !

JAGHELLON.
Voici donc l'heureux jour
Qu'appelaient tous mes vœux, qu'attendait mon amour;
Sous les ailes d'Edvige, il me semble renaître !...

VITOLD.
Quoi ! Seigneur, vous l'aimiez avant de la connaître ?

JAGHELLON.
Ce n'est pas d'aujourd'hui que je l'aime; et je tiens
A le prouver. Souvent les esclaves chrétiens
Que sa douce prière a sauvés de nos armes,
Me vantaient ses vertus, me parlaient de ses charmes ;
Des messages d'amour, dont j'ignore l'auteur,
Nourrissaient dans mon âme un espoir enchanteur :
Lorsqu'un moine étranger, durant une bataille,
Attacha sur mon cœur cette sainte médaille.
Dans mes rêves depuis je l'ai vu bien souvent...
Edvige à Sainte-Croix visitait un couvent;

J'y cours : tableau divin !... C'est la Vierge immortelle
Dans le cercle angélique, à genoux devant elle !...
Voilà par quel prestige et quel charme vainqueur
Elle a su captiver mes regards et mon cœur.

VITOLD.

Tout amour vient de Dieu ; c'est son œuvre accomplie.
Fille d'un roi chrétien, votre mère Julie
Vous transmit ses vertus, son exemple, son sang ;
Soyez roi de Pologne en vous convertissant :
Un souhait maternel, c'est la voix de Dieu même !

JAGHELLON.

Aujourd'hui tout mon peuple a reçu le baptême :
Quand le dôme ceindra sa couronne de feu,
Je reçois du primat la main d'Edvige ! Adieu.

*Vitold s'éloigne par le 3e plan droit.*

⁓⁓⁓⁓⁓⁓⁓⁓⁓⁓⁓⁓⁓⁓⁓⁓⁓⁓⁓⁓⁓⁓⁓⁓⁓

# SCÈNE VI

### JAGHELLON seul.

Que l'amour sur nos cœurs a des effets étranges !
Dans l'espace infini j'entends la voix des anges :
Époux d'Edvige et roi... je vais enfin régner !
Ce rendez-vous fatal... ce sera le dernier...
Pourtant, je l'ai promis..., ton amour, pauvre femme,
A laissé sur mon cœur des empreintes de flamme...
Tu ne sauras jamais que ton père... oui, Dieu seul
Au jour du jugement ouvrira son linceul...
M'aura-t-il pardonné ?... Mais d'où vient ce murmure ?
Ce n'est pas Aldona ! C'est le bruit d'une armure !
Ne serait-ce qu'un piège ?... il s'éloigne... Mais non !
Qui vive !...

⁓⁓⁓⁓⁓⁓⁓⁓⁓⁓⁓⁓⁓⁓⁓⁓⁓⁓⁓⁓⁓⁓

# SCÈNE V.

### JAGHELLON, HERMAN, venant du 2e plan droit.

HERMAN.

Chevalier de la reine !

JAGHELLON.

Ton nom
Ou ton épée !...

HERMAN.

Honneur au roi Ladislas quatre !
Ce n'est pas par le fer que je veux vous combattre :
C'est par mon dévoûment ; et ma seule vertu
Me défend contre vous !

*Il jette son épée aux pieds du roi.*

JAGHELLON.

C'est bien ! que me veux tu ?

HERMAN.

Rien !... le roi Ladislas, qu'étonne ma présence,
Ne se souvient-il plus au jour de sa puissance
Des anciens serviteurs du grand duc Jaghellon ?
D'un ami, d'un complice, Herman ou Vodillou ?

JAGHELLON.

Le renégat ?...

HERMAN.

C'est moi.

JAGHELLON.

Cet odieux visage
D'un malheur ou d'un crime est toujours le présage !

HERMAN.

Les temps sont écoulés et tout change avec eux.
Du vivant de Keystout, ce régent belliqueux,
Je servais les autels, et vous n'étiez qu'un traître...
Je veux dire un proscrit. Keystout est mort, peut-être !
Vous êtes sur le trône : et moi, pour tout bienfait,
Pasteur, comme autrefois... Dieu fait bien ce qu'il fait !
Je veux me rattacher au char de la fortune.

JAGHELLON.

Fais tes conditions.

HERMAN.

Sire ! je n'en fais qu'une...
Mais d'abord, je vous livre un secret important.

JAGHELLON.

Parle, et surtout sois bref, car Edvige m'attend.

HERMAN.

Peut-être !

JAGHELLON.

Que dit-il ?

HERMAN.

Veillez bien sur Edvige...

JAGHELLON.

Qui ? la reine ! une sainte !

HERMAN.

Et les saintes, vous dis-je,
Ont l'amour du prochain...

JAGHELLON.

Misérable !...

HERMAN.

Seigneur !...
Je suis prêtre et soldat, je suis homme d'honneur.

JAGHELLON.

Après ?

HERMAN.

Edvige est femme, elle est belle, elle est reine ;
Trois raisons, pour céder au penchant qui l'entraîne
D'étendre autour de soi son prestige vainqueur...
Un diadème, au front, n'en défend pas son cœur !

JAGHELLON.

Après !...

HERMAN.

Vous souvient-il, à l'heure du baptême,
Quand, tout bas, à l'autel, vous lui disiez : « Je t'aime, »
Quel effroi convulsif !...

JAGHELLON.

Oui !

HERMAN.

Le traître était là !

JAGHELLON.

Qui, toi ?

HERMAN.

Non, son amant !

JAGHELLON.

La preuve ?

HERMAN.

La voilà !

JAGHELLON.

Le portrait de Guilhem ?... un rival sans fortune,
Un prince de hasard, dont l'audace importune...
Tu l'as volé, démon !

HERMAN.

Moi ? j'étais son ami...

Sire ! vous vous troublez ?

JAGHELLON.

Non !

HERMAN.

Vous avez frémi !...

JAGHELLON, lisant l'inscription.

« Guilhem, à son Edvige ? » Il y va de ta tête !
Tu voulais t'enrichir...

HERMAN.

Sire, je suis honnête...

Nommez-moi grand-hetman, chancelier du trésor :
C'est mon prix...

JAGHELLON.

Soit ! va-t'en.

HERMAN.

Ah ! j'oubliais !

JAGHELLON.

Encor ?

HERMAN.

Cette lettre...

JAGHELLON.

« A Guilhem ! »

HERMAN.

Lisez !...

JAGHELLON.

Que dois-je apprendre ?...

Aldona !...

*Il s'éloigne par le 1er plan droit.*

HERMAN.

Le primat doit ici les surprendre !

*Il sort par le fond de montagnes.*

---

## SCÈNE VI.

ALDONA *seule, sortant du Vavel, le gui à la main.*

« S'il partage avec toi cette branche de gui,
Jaghellon reviendra, la victoire avec lui !...
Et les os des aïeux se dressant pour l'absoudre
Combattront les Germains aux lueurs de la foudre :
Sinon, malheur à nous et malheur pour toujours !
Car le combat suprême aura lieu dans trois jours ;
Dans trois mois, nos autels épars sur le rivage,
Pour trois siècles enfin, la honte, l'esclavage !... »
Vous l'avez dit, grands dieux ! Sur ces fleurs, j'ai juré
De vous le rendre ou bien de mourir... je mourrai...
Personne ! il ne vient pas... Sans doute aux pieds d'Edvige
De sa beauté perfide il subit le prestige !
Pour vous, j'ai moissonné les roses du vallon...

Dieux justes, rendez-moi le cœur de Jaghellon !

*(Elle s'approche de l'autel.)*

Ranimons ce foyer... Amour, toi qui t'abrites
Sur le cœur des glaïeuls, des blanches marguerites,
À toi l'ambre et le miel !
Pâle soleil des morts, qui brilles sur les tombes ;
Char divin de Mata, porté par les colombes,
Salut, reine du ciel !

Foyer divin, salut !... Âmes vierges des roses,
Déployez dans l'azur vos ailes demi-closes...
Exhalez votre encens !
Il approche : il est là !... merci ! flamme immortelle !
Mais tu jettes vers lui, ton esclave infidèle,
Des éclairs menaçants ?

Plus rien, c'était un songe !... et toi, lyre aux sept libres,
Toi, ma sœur en exil ! demain, nous serons libres ;
Demain, c'est le trépas !
Edvige quelque jour vengera ma mémoire !
Mais ton cœur sur le mien jette un cri de victoire ?
C'est lui !... j'entends ses pas !

Flamme ! éteins ta splendeur : étoiles ! ma couronne,
Fermez vos yeux si doux ; que la nuit m'environne
Pour lui cacher ma joie !...

---

## SCÈNE VII.

ALDONA, JAGHELLON, *venant du premier plan droit.*

JAGHELLON.

Aldona, me voici !

ALDONA.

Je ne m'attendais pas à te revoir ainsi...

JAGHELLON.

Ne t'ai-je pas donné ma parole royale ?

ALDONA.

Parole de chrétien ! promesse déloyale !
Reconnais le pouvoir de nos enchantements :
J'avais foi dans mes dieux et non dans tes serments !

JAGHELLON.

Il n'est qu'un Dieu !... Pourquoi ces plaintes sacrilèges,
Ces rameaux de verveine et ces noirs sortilèges ?...
Que me veux-tu ? j'attends.

ALDONA.

Ah ! cruel : se peut-il ?
Jadis, j'ai partagé ta honte et ton exil,
Aujourd'hui, sur le trône avec toi je remonte ;
Sinon, viens partager mon exil et ma honte !

JAGHELLON.

C'est un rêve insensé.

ALDONA.

Prends garde, Jaghellon !

JAGHELLON.

Nomme-moi Ladislas.

2

ALDONA.

Quoi ! tu changes de nom
En changeant de patrie ?... Elle est donc bien puissante
Cette fille de roi ! cette Edvige innocente,
Pour t'avoir perverti ; pour avoir effacé
De ton cœur oublieux l'image du passé !...
Mais moi, qui me souviens... je te dirai l'histoire
Des jours qui ne sont plus : je serai ta mémoire !...
Oh ! tu m'écouteras, car de cet entretien
Va dépendre le sort du royaume et le tien !
Ombre de ma patrie ! oui, c'est toi qui m'inspires !...
Quatre hivers sont passés sur deux vastes empires
Ayant pour souverains deux frères, deux héros,
Dont le dernier périt sous la main des bourreaux.
Des champs lithuaniens, où leur tombe s'élève,
L'un était le rempart, l'autre en était le glaive :
Son nom... veux-tu l'apprendre ?

JAGHELLON.

Elle sait tout ! Malheur !...

ALDONA.

Mais d'où vient sur ton front cette étrange pâleur ?...
C'était un vieux soldat : la plus vaillante épée
Qui jamais dans le sang des chrétiens fut trempée !
Il avait une fille au cœur simple, au front pur,
Consacrée à Laïma, déesse aux yeux d'azur.
Un jour, avant l'automne, à la moisson des seigles,
Leur parent se présente escorté de ses aigles,
Il voit la jeune fille, et bientôt son amour,
Pardonnez, dieux vengeurs ! est payé de retour.
Le feu tremble et s'éteint sur l'autel redoutable :
Aldona, c'est le nom de la vierge coupable,
Déjà, la cendre au front, va subir son arrêt,
Elle monte au bûcher : quand le prince apparaît ;
Saisissant Aldona de ses mains triomphantes,
Il ravit leur victime aux noirs hiérophantes...

JAGHELLON.

Assez !

ALDONA.

Le vieux soldat, maudissant son neveu,
Jure de se venger par le glaive ou le feu.
Jusqu'aux murs de Vilna le poursuit et l'assiège ;
Il combat, il triomphe : et surpris dans un piége
Il meurt... Mais, tu connais l'assassin de Keystout ?

JAGHELLON.

Assez ! te dis-je : assez !...

ALDONA.

Non ! les dieux savent tout ! ..
Je voudrais que l'enfer, de ses lueurs funèbres
Éclairât ton visage !... Oh ! fuis dans les ténèbres,
Car Edvige elle-même aurait horreur de toi !

JAGHELLON.

Mensonge ! calomnie !

ALDONA.

Eh ! c'est peu, pour un roi !...
J'ai vu tuer mon père, et je suis ta complice !
Mais faut-il te conter les détails du supplice ?
Te nommer les bourreaux ?... Vodillon, ton ami ;
Mesten, ton conseiller que l'enfer a vomi !

Le Russe aux yeux de tigre... et le croisé, le traître :
Voilà deux serviteurs, dignes d'un pareil maître !

JAGHELLON, *la menaçant du poignard.*

Oh ! c'en est trop !... Va-t'en !...

ALDONA.

Frappe, et sois sans pitié ;
Ne laisse pas ton œuvre achevée à moitié :
Que ce fer, teint du sang de toute ma famille,
Réunisse à Keystout les mânes de sa fille !

*Elle tombe à genoux.*

JAGHELLON.

Meurs !...

~~~~~~~~~~~~~~~~~~~~~~~~~~~~~~~~~~~~~~~~~~~~~

# SCÈNE VIII.

Les Mêmes ; ADALBERT, *paraissant sur le haut
de la montagne et venant du lointain gauche.*

2. ADALBERT.

Jaghellon !...

JAGHELLON.

Grand Dieu !... j'ai jeté mes remords
Dans le flot de l'oubli, sombre linceul des morts ;
Et quand je m'abandonne à la trompeuse ivresse
De mes songes d'amour, cette voix vengeresse
Me dit : Malheur à toi !...

ALDONA.

Tu frémis, traître ? hélas !
Tu n'es plus Jaghellon, honte à toi, Ladislas !
Que cette voix du ciel te poursuive et t'opprime,
Car tu n'as même pas l'audace de ton crime.

*Adalbert disparaît dans le massif d'arbres, au pied
de la Cathédrale. On entend l'Angélus.*

JAGHELLON.

Qu'allais-je faire !...

*Il jette son poignard et s'assied, en se couvrant le
visage.*

ALDONA.

Eh bien, moi, qui te pardonnais,
Pour flétrir Ladislas aux yeux des Polonais
Je dirai : « Ce païen, qui reçut le baptême
Des mains d'Edvige, est un impie, un anathème ;
Il a déshonoré, la prêtresse Aldona ;
Ce roi, que votre évêque aujourd'hui couronna,
Ce héros, ce grand homme, en qui le peuple espère,
Est un traître, un ingrat : il a tué mon père !... »

JAGHELLON.

Tais-toi !... Je suis maudit !...

ALDONA.

J'irai, je leur dirai...
Non, non ! pour te sauver plutôt, je me tuerai !
Je t'aime !... à cet aveu le remords me décide...
Je t'aime, renégat, . je t'aime, parricide...
Je t'aime, époux d'Edvige !... O terre, engloutis-moi !
Dieux immortels ! cachez ma honte et mon effroi ;

Tombe sur Aldona, formidable repaire,
Car j'aime ce maudit, l'assassin de mon père !...

JAGHELLON, *avec pitié.*

Malheureuse !...

ALDONA, *sanglottant.*

Qui, moi l'accuser ? le flétrir ?
Moi, le déshonorer ? Non, non ! plutôt mourir !
Plutôt perdre mon âme et mon intelligence !
Tantôt, quand je parlais de mépris, de vengeance,
Je mentais, je mentais ! Ce n'est pas le devoir
Qui m'amène vers toi : c'est l'amour ! c'est l'espoir
De mourir sous tes pas, en te disant : Je t'aime !
Ingrat ! quand tu venais ceindre le diadème
Que ne m'as-tu brisée aux pieds de ton coursier ?
Que ne m'as-tu frappée avec ce même acier...
Pardonne-moi, mon père !... Aldona serait morte
Sans regret, comme meurt une esclave... qu'importe !
A présent, roi chrétien, sous la couronne d'or
Je voudrais te haïr... eh bien, je t'aime encor !...
Au fond de mon exil, éperdue, insensée,
Je n'avais qu'un souhait, qu'une seule pensée :
Mais enfin, je te vois !... mes vœux sont oubliés :
Morte pour l'univers, je veux vivre à tes pieds :
Je t'aime !... et si les dieux ont maudit tes complices,
Mes pleurs de l'enfer même éteindront les supplices !...

JAGHELLON, *après un silence.*

Oui, je fus bien coupable, encor plus malheureux :
Vodillon m'a tendu ce piège ténébreux...
Ton père était chrétien... Oh ! les prêtres, les prêtres !
Cette invisible main qui conduit tous les traîtres,
Qui pou so à l'homicide au nom du Tout-puissant,
Pires que ces corbeaux qui demandent du sang !...
« Les dieux de la patrie ordonnent cette offrande :
Qu'il meure, disait-il, et Vilna sera grande ! »
Moi-même, à son trépas si j'ai dû consentir,
Mes remords l'ont vengé ; Dieu voit mon repentir...

ALDONA.

Son repentir !

JAGHELLON.

Tantôt, devant la cathédrale,
Ce vieillard qui sur moi répandait l'eau lustrale,
C'était lui ! lui, vivant ! j'ai reconnu ses traits !
Oh ! si tu savais tout, tu me pardonnerais !...
Dans mes rêves souvent je le vois apparaître :
Aux bras de mon Edvige il me suivra peut être !...

ALDALBERT.

Son Edvige !...

JAGHELLON.

Aujourd'hui deux peuples généreux
M'ont remis leurs destins, je régnerai pour eux ;
Et si je ne puis plus faire de grandes choses,
Je veux faire le bien : juge-moi, si tu l'oses !...
Voilà mon avenir ; si mes crimes passés
Par un beau dévouement peuvent être effacés,
Laisse-moi de ton père apaiser le fantôme ;
Et, dût-il m'en coûter la moitié du royaume,
Je suis prêt...

*On entend sonner dix heures ; Adalbert reparaît du
côté droit.*

## SCÈNE IX.

LES MÊMES ; ADALBERT.

3. ADALBERT.
Jaghellon !!..

1. JAGHELLON.
Entends-tu cette voix ?...
Le spectre !... tiens, regarde ! il est là : je le vois !

ALDONA, *l'entraînant vers l'autel.*
Merci, grande déesse ! il est à nous ! victoire !...
Viens ! partage avec moi le signe expiatoire :
Dans mes embrassements, protégé par la nuit,
Viens ! retourne au désert : Aldona te conduit !

JAGHELLON, *au fantôme.*
Que tu viennes du ciel, ou du séjour des ombres,
Qu'exiges-tu de moi, pour fléchir les dieux sombres ?
Parle, j'obéirai !...

ALDONA, *de même.*
Roi parjure et félon
Si tu ne cèdes pas, malheur !...
*(Elle se baisse pour prendre le poignard, son père la
saisit par le bras).*
Ah !...

4. ADALBERT.
Jaghellon !!!.
L'heure a sonné !... Suis moi !...
*Il entre dans la cathédrale, suivi de Jaghellon ; la
croix sur le portail s'enflamme.*
ALDONA.
C'est lui ! mon père !... où suis-je ?
Là !... Cette croix !... je meurs...
*Elle tombe évanouie, on entend le tocsin.*

## SCÈNE X.

HERMAN, ALDONA.

HERMAN, *sortant du Vavel.*
Son père !... est-ce un prestige ?
Non, non ! c'est impossible !... et pourtant, ce vieillard...
Ah ! si Keystout n'était tombé sous mon poignard !.. .
Nous verrons... Aldona !

ALDONA, *revenant à elle.*
Seule, dans les ténèbres !
Pourtant, c'était bien lui ! Dieux !.. ces accents funèbres...
Cette croix... tout me jette un affreux souvenir !...
Roi Jaghellon !... mes pleurs n'ont pu te retenir ?...
Des pleurs ! toujours des pleurs ! et jamais la vengeance ?
C'est du sang que je veux ! Plus de lâche indulgence !
Edvige, à toi ce fer : oui, frappons sans pitié !...
*Elle va pour s'élancer, le poignard à la main, par le
troisième plan droit.*

HERMAN.
La vengeance ? C'est nous : en veux-tu la moitié ?

ALDONA, *se retournant à demi.*
Quel écho de l'enfer achève ma pensée ?...

HERMAN, *la ramenant.*

Où du ciel qu'importe! un poignard? Insensée!...
La prêtresse Aldona ne sait pas se venger.

*Il lui reprend le poignard.*

ALDONA.

Mais alors, que faut-il?

HERMAN.

La flétrir sans danger...
Je crois à ton amour; veux-tu croire à ma haine?

ALDONA.

Où veux-tu me conduire?

HERMAN.

Au procès de la reine!

*Il l'entraîne par le troisième plan droit.*

FIN DU TROISIÈME ACTE.

C·)·)·)·)·)·)·)·)·)·)·)·)·)·)·)·)·)·)·)·)·)·)·)·)·)·)·)·)·)·)·)

# ACTE QUATRIÈME.

## LE PROCÈS DE LA REINE.

Une galerie en bois, à fond mobile, conduisant à gauche aux appartements d'Edvige, et à droite à la sortie du palais; au premier plan gauche, croisée avec balcon; des drapeaux et des panoplies ornant les murailles. On entend le tocsin.

## SCÈNE I.

HERMAN, ALDONA, LE PAGE D'HERMAN, UN CHEVALIER.

2. HERMAN.

La reine est compromise, et le prince jaloux:
Je triomphe!...A présent nous frappons les grands coups.
Comte Edgard!

3. LE CHEVALIER.

Me voici.

HERMAN.

Ce rapport au grand-maître.
(*Le chevalier sort par le deuxième plan droit:
Aldona passe par le fond avec le page*).
Toi, devant le conseil es-tu prête à paraître?...
*Aldona fait un signe, et sort par le premier plan droit.*

## SCÈNE II.

HERMAN, L'AFFIDÉ, *venant du fond gauche.*

HERMAN.

Eh bien! Mesten?

L'AFFIDÉ, *revêtu de l'armure et portant en sautoir
l'écharpe de Guilhem.*

Seigneur, nous avons réussi,
J'ai conduit notre barque à bon port, Dieu merci!...
Déjà, notre victime à la clarté d'un cierge
S'avançait en tremblant vers l'autel de la Vierge,
Quand soudain nos amis, gens de bonne maison,
Paraissent sur le seuil, en criant: Trahison!
Il fallait voir Edvige en deuil et le front blême,
Plus blanche que ces fleurs de lys, son chaste emblème,
Couleur de prétendant.

HERMAN.

Rends-moi tout ce harnais!

L'AFFIDÉ.

La monture est en or... n'importe!... Ah! je renais.
J'avais chaud là-dessous!... Le travail n'est pas mince
De porter aujourd'hui l'enveloppe d'un prince!

HERMAN, *à son page.*

Manfred!...

(*Le page paraît; Herman lui donne l'armure.*)

Au tribunal!

L'AFFIDÉ.

Mais le roi, son époux,
Comme un aigle irrité vient tomber parmi nous,
J'ai dû quitter ma proie au milieu de la foule;
La chapelle est en feu: regardez! le sang coule!
(*Il s'approche du balcon*).
Payez-moi noblement pour ce service-là!
J'ai tout fait, tout prévu...

HERMAN, *le frappant d'un coup de poignard.*

Tout! excepté cela!...

L'AFFIDÉ.

Ah! traître!...

*Il tombe mort par la croisée.*

HERMAN.

A toi, Satan!... Serviteur trop crédule,
Va chercher ton salaire au fond de la Vistule!...
(*Fermant le rideau*).
Sa mort est à présent entre le ciel et moi.
Le spectre de Guilhem, se dressant plein d'effroi,
Poursuivra Jaghellon couvert d'ignominie,
Jusque dans les forêts de sa Lithuanie!...
Je suis comme la flamme aspirant aux sommets:
Monter, monter toujours; ne descendre jamais!
Ce qui me résistait, je l'obtiens par surprise,
Et trouvant un obstacle en chemin, je le brise.
On vient!...

## SCÈNE III.

HERMAN, JAGHELLON et VITOLD, *venant du douzième plan droit.*

VITOLD.

Deux mots, Seigneur !

JAGHELLON.

Que ce jour soit maudit !
J'avais donc un rival !

HERMAN.

Je vous l'avais bien dit !...
Sans votre ange gardien, sans ce fer à l'épreuve,
Guilhem vous détrônait ! votre Edvige était veuve !
Mais ils ont payé cher cet horrible attentat :
J'ai sauvé, moi, Germain, votre honneur et l'État ;
Et de plus, j'ai saisi dans la foule confuse
Cette écharpe royale aux armes de Raguse...

JAGHELLON.

Raguse, dès ce jour, veut dire trahison !...
Ainsi, le déshonneur a frappé ma maison !
Et la reine avec eux était d'intelligence ?...

HERMAN.

En doutez-vous encor ? Cette écharpe...

JAGHELLON, *la prenant.*

Vengeance !

HERMAN.

Sire, modérez-vous ! Le mot n'est pas chrétien !
Laissez faire les lois, réclamez leur soutien :
Elles vous vengeront, et bien mieux que vous-même :
De l'or, sire : de l'or ! c'est le moyen suprême !

JAGHELLON.

Achève !...

HERMAN.

Un tribunal, désigné par la loi,
Veille ici nuit et jour sur l'honneur de son roi.
Jaloux de maintenir son pouvoir et ses titres,
Adalbert a déjà convoqué les arbitres ;
Vainement, par pitié, j'ai voulu l'empêcher,
Ni présents ni conseils n'ont paru le toucher !

JAGHELLON.

Que justice soit faite !

VITOLD.

O démence fatale !
Sire, ne donnez pas l'exemple du scandale !
Le scandale a brisé plus de têtes de rois
Que le vent de l'émeute ou le glaive des lois ;
Quand la foule inconstante est lasse d'une idole,
Elle en rit et l'outrage : et puis, elle l'immole !
Sceptre et roi, tout périt dans le même torrent :
Vous perdez la couronne en la déshonorant !...

JAGHELLON.

Prince, je vous écoute et j'hésite à vous croire ;
Vous prenez aujourd'hui trop de soin de ma gloire :
M'obéir, c'est assez !... Mais, par le Dieu vivant !
Suis-je un faible roseau pour plier sous le vent ?
Gouverneur du palais, grand-hetman de l'armée,
Allez, au nom du roi, que la cour informée...

VITOLD, *remontant.*

Vous en avez menti !

JAGHELLON.

Les glaives au fourreau !
Sinon, vous porterez vos têtes au bourreau.

2 HERMAN.

Prince, vous êtes brave !...

1. JAGHELLON.

Hetman de la couronne,
Allez exécuter les ordres qu'on vous donne !

HERMAN.

Votre main...

VITOLD.

Non, jamais !

HERMAN.

A votre aise : au revoir !
*Il s'éloigne par le 2e plan droit.*

## SCÈNE IV.

JAGHELLON, VITOLD.

JAGHELLON.

A nous deux à présent ! Qu'as-tu fait ?

VITOLD.

Mon devoir,
Car je suis votre ami ! votre frère !...

JAGHELLON.

Peut-être !
Un frère est un rival, lorsqu'il n'est pas un traître !
Je ne sais pas aimer ni haïr à demi ;
J'aime mieux qu'un faux frère un loyal ennemi !

VITOLD.

De grâce, pouvez-vous faire juger la reine,
Sur d'infâmes soupçons répandus par la haine ?

JAGHELLON.

Tu parles de soupçons ? toi, le fils de Keystout ?
Regarde ce portrait !... cette lettre surtout :
« Je ne dois plus t'aimer ; signé : moi, ton Edvige ! »
Y crois-tu donc enfin ? Je suis trahi, te dis-je !
Perdu, déshonoré : Guilhem est son amant !
Un chercheur de couronne, un bâtard allemand !
Et moi, pour son amour, chef d'un État prospère,
Je me suis fait chrétien, j'ai renié mon père !...
Ah ! seigneurs polonais, vous irritez les pleurs
Du lion qui s'endort dans ses chaînes de fleurs ?
Si vous m'avez trompé, moi, l'élu de la veille,
Tremblez, fiers potentats, Jaghellon se réveille !...

VITOLD.

N'as-tu pas fait serment d'être juste et bon roi ?

JAGHELLON.

Oui, juste comme Dieu ! cette épée en fait foi.

VITOLD.

Souvent le feu du ciel frappe un roi sacrilège !

JAGHELLON.

Dieu, le ciel ou l'enfer ! que m'importe ? que sais-je ?
L'amour d'Edvige était mon seul Dieu, mon seul bien ;
N'y croyant plus, Vitold, je ne crois plus à rien !
Les idoles n'étaient qu'un rêve du jeune âge...
Mon cœur était désert... quand sa divine image
Le remplit d'espérance, en le sanctifiant :
Edvige était le ciel : Edvige est le néant !

Edvige ! ange ou démon... Incliné sous ton aile,
J'ai rêvé le bonheur d'une vie éternelle :
Cette création, ce prestige enchanteur
S'écroule dans l'abîme avec son créateur !
Amour, éternité, bonheur !... Vaine chimère,
    Tu m'as trompé !... Va-t'en !

         *Il jette le médaillon.*

VITOLD.

        Souviens-toi de ta mère !
Sa vertu même aurait gémi de tes soupçons !

JAGHELLON.

Ma mère, qu'as-tu fait ? Je maudis tes leçons !

VITOLD.

Fils ingrat !...

JAGHELLON, *tordant l'écharpe dans ses mains.*

      Par l'enfer ! cette écharpe s'embrase !
Chrétiens maudits !... Jamais vos prêtres en extase,
Célébrant à genoux l'offrande du Sauveur,
N'ont invoqué le ciel avec plus de ferveur
Que je n'ai souhaité l'amour de cette femme !
Je l'aime encor, Vitold : je l'aime ! oh, c'est infâme !...
Vous savez, dieux jaloux, si mon cœur est changé ?...
Que je souffre !... Aldona, ton amour est vengé !...

VITOLD.

Des larmes, Jaghellon ?

JAGHELLON.

      Des larmes !... quel outrage !
Mon frère, Narimond, grandi par son courage,
Sur une croix de flamme insultait les Germains :
Moi, j'ai dû, par pitié, l'achever dans leurs mains...
J'ai vu notre Vilna trois fois livrée aux flammes,
J'ai vu fuir en exil nos enfants et nos femmes ;
Les autels en ruine, un peuple massacré ;
J'ai vu mourir mon père et je n'ai pas pleuré !...
Je n'avais que vingt ans ; crois-tu donc qu'à cette heure
Je me laisse attendrir comme un lâche qui pleure ?...
Oh ! je me vengerai ! par le Dieu tout puissant,
Cette écharpe, ces fleurs, vont se teindre de sang !
Qu'on dresse le bûcher, l'appareil du supplice...
Que ne puis-je, avec elle, égorger son complice ?...
Elle fut sans honneur : je serai sans pitié.

VITOLD.

Puisque ni tes serments, ni ma franche amitié
Ne peuvent dominer le transport qui t'entraîne,
Tu trahis ton amour : moi, je reprends ma haine !
Souviens-toi de Keystout. Adieu donc !

    *Il s'éloigne par le 2e plan droit.*

## SCÈNE V.

JAGHELLON *seul.*

        Il a fui...
Me voilà seul enfin : abandonné, trahi !
Voilà bien cette foule ingrate et sans vergogne,
Qui me criait hier : Salut, roi de Pologne !
Ces fiers républicains !... tous égaux par la loi !
Le dernier gentilhomme est plus maître que moi !
Et toi, perfide Vitold, aujourd'hui tu me braves ?...

La liberté pour tous, pour moi seul des entraves !
Edvige est là... Tout dort !... suis-je encor Jaghellon ?
Si je brisais son cœur, comme ce médaillon !...
Elle rêve à Guilhem ?... Que mon bras les rassemble !...
Mais, si l'on rêve encor dans la tombe ?... Il me semble...
Qu'elle pleure !... le fer s'échappe de ma main :
Tu ne peux que mourir, insensé !... et demain,
L'avide renommée, à flétrir toujours prompte,
Va partout publiant mon amour et ma honte !
Ce peuple que je hais ! peuple injuste et moqueur
De son rire cruel viendrait mordre à mon cœur ?...
Le sort en est jeté !... Dors, épouse adultère ;
Je veux que ton supplice épouvante la terre !
Frappons ! vengeance !

*Il se dirige le poignard à la main vers le deuxième
plan gauche : Adalbert lui saisit le bras.*

## SCÈNE VI.

ADALBERT, JAGHELLON.

ADALBERT.

Arrête !

JAGHELLON.

        Encor lui ! lui partout !
Tu n'es pas Adalbert : c'est la main de Keystout !
Mort ou vivant, c'est toi !... Désigne tes victimes ;
J'éteindrai dans leur sang des feux illégitimes !...
Grâce ! au nom d'Aldona !... Sous ce fer que je tiens
Je l'ai vue à mes pieds, comme je suis aux tiens ;
Je veux la relever pour en faire une reine !...
Mais viens-tu m'apporter le pardon, ou la haine ?
Loin de moi ce regard, cette étreinte de fer ;
Je me sens pénétré des ardeurs de l'enfer !...

    *Il laisse tomber son poignard.*

ADALBERT.

Tu demandes pitié ! Tu veux que je pardonne !
Toi, qui n'eus de pardon, de pitié pour personne ?
Et pour moi, fils ingrat !... qui même, en l'implorant,
Pour laver ton forfait par un crime plus grand,
Allais plonger ce fer dans le sein d'une épouse !...
L'eau du ciel qui descend sur ton âme jalouse
A changé l'univers, et ne t'a pas changé !

JAGHELLON.

Keystout respire encore ! et ne s'est point vengé ?

ADALBERT.

La vengeance est à Dieu qui te frappe et t'éclaire !

JAGHELLON.

Sois juste ! Jaghellon ne craint plus ta colère !
J'ai supplié nos dieux ; j'ai jeté sous leurs pas
Biens, trésors, tout le fruit de dix ans de combats ;
Le ciel m'a répondu par la voix de la foudre :
« Loin de nous, sois maudit ! »

ADALBERT.

        Et moi, je viens t'absoudre !...
Tu m'as ravi l'honneur, et moi, pour me venger,
Je viens mettre à tes pieds un royaume étranger,
Je devrais te maudire, et pourtant, Dieu l'exige !
Je te donne le ciel, en te donnant Edvige...

Qu'en dis-tu, Jaghellon?... Hier, tu m'as promis
De te venger de même envers tes ennemis!

JAGHELLON.

Edvige est adultère!...

ADALBERT.

Et tu pouvais le croire?
Quand les anges de Dieu sont jaloux de sa gloire!
Ah! j'étais insensé de compter sur ta foi:
Parjure! un mauvais fils peut-il être un bon roi?
Sur le seuil du tombeau qui déjà me réclame,
Je veux sauver ses jours, je veux sauver ton âme!
Viens, reçois sur ton front les eaux du repentir
Dont la source est aux cieux; au nom du Dieu martyr,
Viens! reçois sur ton front les pleurs de ta victime:
Parricide, à genoux! repens-toi de ton crime!

JAGHELLON.

Frappez! voici mon cœur: je vous donne mon sang!

ADALBERT.

Ladislas, je t'absous au nom du Tout-puissant!
Mon fils, viens dans mes bras!

JAGHELLON.

Moi, Seigneur?

ADALBERT.

Je l'ordonne!

JAGHELLON.

Moi, bourreau de Keystout?

ADALBERT.

Adalbert te pardonne!

JAGHELLON.

Vous, père d'Aldona?

ADALBERT.

Je veux être le tien!

JAGHELLON.

La vengeance est d'un roi!

ADALBERT.

Le pardon d'un chrétien!...
Edvige est ton épouse, elle est aussi ma fille.
Oui, j'ai tout immolé: l'honneur de ma famille,
Les larmes d'Aldona, l'avenir de mon fils,
Tout! à ce sentiment: l'amour de mon pays!...

JAGHELLON.

Honneur à vous! soyez mon roi, mon bon génie!
Venez rendre Keystout à la Lithuanie!...

ADALBERT.

Demeure! il est trop tard... Mes ans sont évolus:
Mon cœur est jeune encor, mais mon bras ne l'est plus!
Ce temple, ces autels, c'est tout mon patrimoine.
Keystout a disparu sous la bure du moine;
La gloire n'est pour lui qu'un brûlant souvenir:
Je veux revivre en toi; Dieu saura te bénir!...
Que le faible t'honore et le puissant te craigne;
Rends aux deux nations les beaux jours de mon règne,
Sois juste, aime ton peuple autant que je t'aimais:
Vivant dans son amour, tu vivras à jamais...
Et moi, je puis mourir; car, dans ce jour prospère,
J'ai retrouvé mon fils!

JAGHELLON.

J'ai retrouvé mon père!
*Un coup de cloche, la paroi du fond se partage.*

ADALBERT.

Voici le tribunal.

JAGHELLON.

Ah! je cours de ce pas,
Châtier l'imposteur, lui donner le trépas..

ADALBERT.

Au jugement de Dieu tu défendras ta cause,
Laisse-nous: c'est la loi qu'aujourd'hui je t'impose!

## SCÈNE VII.

*Salle du conseil, comme au premier Acte. Au fond,
dans presque toute la largeur du théâtre, le Tribunal; douze juges sur douze siéges, celui du milieu
est vacant; un fauteuil à gauche deuxième plan,
pour la reine; une banquette pour les témoins; une
Bible sur le tribunal, un crucifix, une armure cou-
verte d'un voile noir. Il fait nuit.*

ANNA, EDVIGE, THÉRÈSE, ADALBERT, JUGES, LE
DUC DE VARSOVIE, GARDES, HERMAN, DEUX PAGES.

EDVIGE.

Ne me soutenez plus, arrêtez sur le seuil...
Anna, pourquoi ces pleurs et ces femmes en deuil?
Faut-il que leur présence ajoute à mes alarmes?
J'ai besoin de ma force, et non de vaines larmes:
Demeurez, je l'ordonne!...

*(Voyant Adalbert).*

Arbitre de mon sort,
Vous voyez si je tremble en face de la mort!
Vous avez attaché, d'un front calme et sévère
Le cœur de votre fille à la croix du Calvaire:
Parlez! suis-je innocente ou coupable à vos yeux?

3. ADALBERT.

Ta cause, ô mon enfant, est la cause des cieux!
Viens, reçois du Seigneur, dont l'amour t'environne,
Reine, vierge et martyre, une triple couronne!

EDVIGE.

Merci!... Reçois mon âme, ô roi de l'univers!

5. LE DUC DE VARSOVIE.

L'accusée a paru, les débats sont ouverts.

ADALBERT, *montant au siége du milieu.*

Redoutables gardiens des divines colères!
O vous tous qui tenez dans vos mains tutélaires
Le glaive de la loi, la parole de Dieu,
La reine de Pologne est présente en ce lieu:
Faisons tous le serment de lui rendre justice!
*(Il étend la main sur l'Évangile; tous les juges
l'imitent.)*
Reine Edvige, approchez.

6. HERMAN, *au page à ses côtés.*

Manfred! Qu'on avertisse
Les témoins du forfait.
*Le page sort par le premier plan droit.*

ADALBERT.

O ciel! est-ce bien moi,
Conseiller de son père et gardien de sa foi,
Qui vais l'interroger?... Edvige, on vous accuse
D'avoir osé promettre à Guilhem de Raguse
Le trône de Pologne... et tantôt, cette nuit,
Dans les murs du palais de l'avoir introduit

Est-il vrai ? répondez !

 EDVIGE.

C'est un mensonge infâme !
Celui qui le soutient, doit savoir que mon âme,
N'eût jamais supposé tant de haine et de fiel
Dans un prêtre, un soldat !... j'en atteste le ciel :
Il ment, vous dis-je : il ment!... Sur le seuil de ce temple
Moi, votre reine encor, je vous donne l'exemple
Du respect à nos lois qu'on veut faire oublier ;
Tous mes aïeux sont prets à me justifier !...
J'en atteste ce Dieu qui lit dans ma pensée ;
De Guilhem au berceau j'étais la fiancée ;
Mais mon père expirant, m'a remis son honneur
J'ai reçu la couronne au prix de mon bonheur.
Je suis du sang de Fance ! Et qui de vous peut croire...
Que mon règne ait terni quatre siècles de gloire ?
Pour vous j'ai tout quitté ; tout m'échappe en un jour!
Ma mère, mes amis, tous mes rêves d'amour ;
Pour vous, ma vie entière a perdu tous ses charmes,
Et vous osez me faire un crime de mes larmes ?...
Tantôt, dans la chapelle où j'ai fui pour prier,
J'ai vu couler le sang sous le fer meurtrier ;
J'ai cru même entrevoir, frémissante et confuse,
Des armes, des drapeaux aux couleurs de Raguse ;
Mais, j'en fais le serment sur les lois de l'État,
Guilhem n'est point l'auteur de ce lâche attentat !
Quel est-il ? Je l'ignore : et s'il veut se défendre,
Demandez à cet homme, il saura vous l'apprendre !...
Vous m'avez ordonné de parler, j'obéis :
Mais si j'ai pu remplir tous les vœux du pays,
Je m'en remets aux lois, mon unique refuge,
Je m'en remets à Dieu, qui nous voit et nous juge !...
J'ai trouvé la Pologne en proie aux factions ;
Je la rends glorieuse entre les nations ;
Hier encore esclave, elle est libre ! elle est fière !
Voilà ce que j'ai fait : jugez ma vie entière !

ADALBERT.

Témoin accusateur, persistez-vous toujours ?

HERMAN.

Oui ! sans doute.

LE DUC DE VARSOVIE.

Songez qu'il y va de vos jours !

HERMAN.

Qu'importe !

LE DUC DE VARSOVIE.

Mais avant de vous perdre peut-être,
Herman, connaissez-vous le châtiment du traître ?
La torture, les fers !

HERMAN.

Je l'ai dit, Monseigneur :
La reine de Pologne a forfait à l'honneur.

ADALBERT.

Avant de prononcer entre la reine Edvige
Et son accusateur, le tribunal exige
Qu'un témoin, par serment, vienne attester ici
La vérité du crime !

HERMAN.

Un témoin ? le voici !

## SCÈNE VIII.

LES MÊMES ; ALDONA, *venant de droite, conduite par le page d'Herman.*

ADALBERT.

Ma fille !

HERMAN.

Paraissez ! et venez les confondre !

ALDONA.

Juges, que voulez-vous ? Je suis prête à répondre.

LE DUC DE VARSOVIE.

Témoin, on vous a dit qu'en accusant à tort,
Vous auriez mérité, dans ce monde, la mort
Et les feux de l'enfer dans l'autre ?

ALDONA.

Je suis prête !

ADALBERT, à part.

Malheureuse !...

LE DUC DE VARSOVIE.

Adalbert, soyez notre interprète,
Et dictez au témoin la forme du serment.

ADALBERT, se levant.

« Sur la Trinité sainte et le Saint-Sacrement,
Sur l'âme de mon père et ma vie éternelle
Je jure, devant Dieu, qu'Edvige est criminelle ! »

ALDONA.

« Sur l'âme de mon père...

HERMAN.

Achève, quel effroi
Te saisit ?

ALDONA.

Là ... regarde !...

HERMAN.

Edvige est devant toi.

ALDONA.

La reine !... « Sur ma vie éternelle, je jure...

HERMAN.

Devant Dieu...

ALDONA.

» Devant Dieu... »

ADALBERT.

Qui punit le parjure !

ALDONA.

Grâce, mon père !...

LE DUC DE VARSOVIE.

Assez ! ...

HERMAN.

Folle ! tu m'as perdu :
Va-t'en !

ADALBERT.

Ma fille, hélas !...
*Aldona, entraînée par le page, sort à droite.*

LE DUC DE VARSOVIE.

Vous l'avez entendu :
Votre témoin n'a pas achevé son blasphème,
Et l'accusation retombe sur vous-même.
Qu'on l'arrête à l'instant !

HERMAN.

Je n'en soutiens pas moins
Que la peur du supplice a glacé vos témoins :
Regardez ! *Il rejette le voile noir couvrant l'armure.*

EDVIGE.

Son armure !... O ciel !...

HERMAN.

Voici la preuve :

LE DUC DE VARSOVIE.

Mais quel bruit ? Sigismond ? Parlez !

~~~~~~~~~~~~~~~~~~~~~~~~~~~~~~~~~

## SCÈNE IX.

LES MÊMES ; SIGISMOND.

SIGISMOND.

Au bord du fleuve
On a trouvé cette arme et des traces de sang ;
Le corps a disparu : mais un écrit récent,
Plié sur cette croix, nous désigne son maître.

HERMAN.

Je suis sauvé !...

LE DUC DE VARSOVIE.

Madame, osez-vous reconnaître
Ce message à Guilhem ?

EDVIGE.

Oui, je le reconnais !...

HERMAN.

Ainsi, j'avais bon droit quand je la soupçonnais :
(Décendant près de la reine.)
Qu'en dites-vous ?...

EDVIGE.

Guilhem !... C'est donc moi qui le tue !
Les juges se lèvent et délibèrent.

HERMAN.

Vous voilà sous mes pieds, frémissante abattue,
Comme j'étais hier encore à vos genoux !
Maintenant la partie est égale entre nous :
C'est moi qui vous exile, et malgré vos prestiges,
Les juges sont à moi, l'or a fait des prodiges !
Un mot d'espoir, un seul ! je puis tout réparer...

EDVIGE.

Jamais !

~~~~~~~~~~~~~~~~~~~~~~~~~~~~~~~~~

## SCÈNE X.

LES MÊMES ; les deux portes latérales s'ouvrent des
deux côtés du tribunal : DIX CHEVALIERS armés
s'avancent, parmi lesquels JAGHELLON, la visière
baissée, et VITOLD.

UN JUGE, lisant la sentence.

« A tous présents, nous venons déclarer
Au nom du grand-conseil, qu'Edvige de Hongrie
Et jadis notre reine, est coupable et flétrie
Du crime d'adultère ; et que par conséquent
L'interrègne commence et son trône est vacant. »

HERMAN.

Victoire !

EDVIGE.

Ils m'ont frappée : et moi, je vous pardonne !
Elle tombe dans les bras d'Anna et de Thérèse qui
l'emmènent par la porte gauche, pendant que les
juges s'éloignent à droite.

ANNA.

Ma sœur ! Edvige !...

HERMAN.

A moi la reine et la couronne
Il suit la reine en passant à gauche.

3. LE DUC DE VARSOVIE.

Chevaliers, arrêtez ! j'en appelle en ce lieu
Du tribunal suprême au jugement de Dieu !

HERMAN.

Soit !

8. VITOLD.

Avant ce débat il faut vider le nôtre !
Mon défi, noble duc, a prévenu le vôtre ;
Et le champ m'appartient.

LE DUC DE VARSOVIE.

Vous raillez, Monseigneur ;
A nous seuls appartient de venger notre honneur,
De punir ce vassal insolent et farouche.

2. ADALBERT.

La couronne est au peuple ; insensé qui la touche !

HERMAN.

Quoi ! douze champions de l'honneur conjugal ?
Le combat entre nous ne peut être inégal :
Mais qui veut commencer ! Qui se sent le plus digne
De tomber sous mon bras ?

ADALBERT.

Qu'un scrutin le désigne !

HERMAN.

J'accepte !

ADALBERT.

Sigismond, votre casque.

SIGISMOND.

Un Germain
Ne l'a jamais touché sans périr de ma main :
J'ai dit.

LE DUC DE VARSOVIE.

Êtes-vous prêts, Messeigneurs ?

VITOLD et LES CHEVALIERS.

Nous le sommes !

ADALBERT, écrivant les noms et les jetant dans le
casque.

Le ciel juge à présent la justice des hommes !
Les Chevaliers étendent leurs mains sur le casque.

LE DUC DE VARSOVIE.

Nous jurons devant Dieu, sans crainte et sans remord,
De combattre avec toi dans un duel à mort :
Par le fer ou le feu, le poignard ou la hache ;
Qui demande merci sera traité de lâche !

HERMAN.

Je jure par le ciel, l'enfer ou le néant,
D'ameuter contre vous le Nord et l'Orient,
Jusqu'au jour de vengeance, où tous les fils des Slaves
Hongrois et Polonais, deviendront nos esclaves...

3. JAGHELLON, découvrant sa visière.

Assez ! Tu mens !

TOUS.

Le roi !...

JAGHELLON.

J'atteste devant tous,
Moi, grand-duc de Vilna, roi de Pologne, époux
D'Edvige : que la reine est innocente et pure ;
De plus, j'accuse Herman de fraude et d'imposture,
Du crime capital de haute trahison,
Dont, ce fer à la main, je demande raison
Jusqu'à ce que la mort s'ensuive !... A toi ce gage
Dont je frappe et flétris ton indigne visage !

*Il lui jette son gantelet.*

HERMAN.

Malheureux !

TOUS.

Arrêtez !

1. HERMAN.

Ah ! traîtres !... vous croyez
Pouvoir impunément me fouler à vos pieds ?
Eh bien ! regardez-moi, j'ai ressaisi le glaive :
Le moine a disparu, le croisé se relève !...

*Il jette son manteau et paraît complètement armé.*

ADALBERT.

Qu'on lui donne ce casque.

*Il le remet au page qui vient se placer près d'Herman.*

HERMAN, la main dans le casque.

Écoutez-moi, d'abord !...
Au nom de Wallenrod, grand-maître de Malborg,
Moi, komthour de Riga, votre vassal naguère,
J'apporte à votre race un message de guerre !
Ce n'est pas un nom slave écrit sur un cartel
Que j'appelle et défie à ce combat mortel ;

guerre à vous, Messeigneurs ! guerre impie et funeste,
Et telle que jamais les Russes ni la peste
Ne vous l'ont déclarée !... Oui, déjà vos parents,
Vos frères, vos amis, se pressent dans nos rangs ;
Des proscrits, sans honneur ! des traîtres, que nous donne
L'espoir ambitieux d'obtenir la couronne !
Ah ! vous m'avez chassé de ces murs ?... nous verrons !
Bientôt je reviendrai les briser sur vos fronts
Pour vous écraser tous, de même que je presse
Tous vos noms réunis sous ma main vengeresse !...

VITOLD.

Décidez votre choix, si vous avez du cœur.

HERMAN, jetant un nom.

Lisez !...

UN PAGE, ramassant.

Vitold !

HERMAN.

Vitold ?... Salut à mon vainqueur.

JAGHELLON.

Frère, à moi le combat !

VITOLD.

Ce droit que Dieu me donne,
Je ne le cède pas au prix d'une couronne.

HERMAN, à Jaghellon.

Puisqu'un autre est choisi pour venger mon affront,
La rougeur de son sang couvrira votre front ;
Rien ne peut le sauver : ni l'enfer, ni Dieu même !

JAGHELLON.

Tais-toi, vil renégat !

ADALBERT.

Anathème !

TOUS, étendant la main.

Anathème !...

FIN DU QUATRIÈME ACTE.

# ACTE CINQUIÈME.

## LE JUGEMENT DE DIEU.

Tombeaux des rois de Pologne. — A gauche de la voûte un autel ; à la muraille est suspendue une épée ; une lampe au milieu ; à droite le tombeau de Kasimir ; ouvertures par les troisièmes plans de droite et de gauche ; escalier au fond.

## SCÈNE I.

HERMAN seul.

Il faut qu'Edvige meure... Oui, c'est le seul moyen
D'éloigner Jaghellon... Je romprai ce lien !
Aujourd'hui l'interrègne et demain la régence :
Un partage peut-être !... Avant tout, ma vengeance.

## SCÈNE II.

HERMAN, ALDONA, venant de la droite.

HERMAN.

Aldona, c'est ainsi que tu tiens ton serment ?
Malheur à toi, perfide !

ALDONA.

Oui, malheur !... au moment
Où je portais la main sur ce livre terrible
Que vos prêtres nommaient l'Évangile ou la Bible,
Le spectre de Keystout de sa tombe élancé
S'est jeté devant moi...

HERMAN.

Quel vertige insensé !

ALDONA.

Lorsque je descendais sous ces voûtes funèbres,
Son ombre m'apparut au milieu des ténèbres :
« Sois chrétienne, dit-il, en me tendant les bras,
Et dans le sein de Dieu tu me retrouveras. »

HERMAN.

Ou du néant ; qui sait ?.. l'herbe croît sur sa tombe !
Cette rouille, Aldona, c'est ton sang !...

ALDONA.

Qu'il retombe
Sur la tête d'Edvige !

HERMAN.

Eh bien ! sers mon dessein ;
Ce poignard, oses-tu le plonger dans son sein ?...

ALDONA.

Donne !...

HERMAN.

Auras-tu l'audace et l'ardeur de ma haine ?

ALDONA.

Donne !!...

HERMAN.

A toi ce poison ! Ce poignard à la reine !

ALDONA.

Donne !!!. Dieux paternels, venez me secourir !

HERMAN.

La perdre et me venger !

ALDONA.

Me venger et mourir !
*Elle s'éloigne par la gauche, Herman sort à droite.*

## SCÈNE III.

EDVIGE, *seule, entrant par le fond, et s'avançant vers*
*l'autel avec l'écharpe de Guilhem et la couronne.*
Gage de mon serment, voile que je révère,
Débris cher et sacré d'un passé de bonheur ;
Quand j'immole aujourd'hui ma tendresse à l'honneur,
C'est donc tout ce qui reste à ma douleur amère ?...

Car je n'ai plus de mère !
Et pour me consoler, je n'ai rien que toi seul ;
Voile des souvenirs, que n'es-tu mon linceul !

Détourne les malheurs qu'aujourd'hui tu m'annonces
Grand Dieu ! j'ai tant souffert, et je n'ai pas seize ans !
Quoi, mon front est paré de ces riches présents,
Quand le tien, doux Sauveur, est couronné de ronces ?...

Les vœux que tu prononces
Mon âme ! n'auront plus d'autre objet que Dieu seul ;
Voile des souvenirs que n'es-tu mon linceul !

Reçois ce sacrifice, ô divine statue :
L'offrande de mon cœur... Qu'il repose à jamais,
Avec le souvenir de tous ceux que j'aimais
Sous ce voile de deuil dont je t'ai revêtue...

Désespoir qui me tue !...
Et maintenant, mon Dieu, je me livre à toi seul...
Voile des souvenirs !... tu seras mon linceul !

Adieu donc... Que la main qui t'aura détachée
Toile sainte, à jamais périsse desséchée...
Morte pour le bonheur, je renais pour la foi :
Ma mère, mes aïeux... Guilhem ! veillez sur moi !...
*Elle s'endort en priant sur les marches de l'autel.*

## SCÈNE IV.

EDVIGE, ADALBERT, JAGHELLON puis VITOLD.

ADALBERT.

Du plus grand de nos rois voici le mausolée...
Approchons... elle dort... pauvre enfant désolée !
Repose en paix... Déjà ton âme est dans les cieux,

Que l'ange de l'oubli descende sur tes yeux :
Dors ! .. le réveil pour toi serait la mort peut-être !...

JAGHELLON.

De quel ravissement sa beauté me pénètre !
Et j'ai pu l'accuser... Comment puis-je, Seigneur,
Expier mon offense ?

ADALBERT.

En vengeant son honneur.

JAGHELLON.

Oui, c'est mon droit.

ADALBERT.

Hier, dans le conseil nocturne,
Le cartel de mon fils fut ouvert devant l'urne :
S'il fallait cependant qu'Edvige succombât
Ou qu'un autre que toi fût vainqueur du combat,
Ton nom serait flétri d'un sanglant anathème ;
C'est toi qui combattras : tu sais bien que je t'aime !

JAGHELLON.

Merci !...

ADALBERT.

Sur cet anneau, viens jurer à genoux
De mériter en roi le nom de son époux.
De Guilhem à ses pleurs voilà tout ce qui reste...
J'ai consacré ce glaive à la gloire céleste :
Il est à toi ! Jadis plus docile à ma main,
Du cœur des ennemis il trouvait le chemin :
Prends cet anneau, ce glaive, et tu vaincras te dis-je !

JAGHELLON.

Je jure par ce fer de venger mon Edvige
Ou de mourir... Et toi que j'ai pu soupçonner,
Ange de la Pologne, il faut me pardonner !
Si je fus criminel, chère et sainte victime,
Mon amour, mes regrets sont plus grands que mon crime ;
Au prix de tout mon sang je veux l'anéantir,
Reçois donc cet anneau, gage de repentir :
C'est celui d'un rival dont mon âme est jalouse ;
Pour que la gloire un jour dise de mon épouse :
« Jaghellon lui promit sur ce don solennel,
Pour l'offense d'une heure, un amour éternel. »
*Un coup de canon, Vitold paraît dans le fond.*
Mon frère !...

VITOLD, *lui tendant les bras.*

JAGHELLON.

Dans tes bras ma force est retrempée.

ADALBERT.

Mes enfants, sur mon cœur !...

JAGHELLON.

Donnez-moi cette épée !...
*Adalbert détache le glaive et le lui donne ; il sortent*
*par le fond.*

## SCÈNE V.

EDVIGE, ANNA, *entrant par la droite.*

EDVIGE, *s'éveillant.*

Où suis-je ?...

ANNA.

Gloire à vous ! mon Edvige, ma sœur !

La justice de Dieu nous donne un défenseur :
Le champ-clos s'est ouvert aux clartés de l'aurore !

ERVIGE.

Ce noble défenseur, quel est-il ?

ANNA.

Je l'ignore...

EDVIGE.

Que le sang polonais coule pour moi ? grand Dieu !
Jamais ! je ne veux pas que ce combat ait lieu !
Plutôt perdre la vie avec cette couronne :
Va chercher le primat : qu'il vienne ! je l'ordonne...

ANNA.

Il n'est plus temps ! on dit que douze chevaliers
Ont juré de combattre et de vaincre à vos pieds !...
Tantôt, quand nous étions devant la cour suprême,
J'ai cru voir dans les airs la madone elle-même
Planant sur votre tête ; et le divin enfant
Attachant avec grâce à ce front triomphant
Une blanche auréole...

EDVIGE.

Oui, celle du martyre !
Le froid de ces tombeaux me saisit et m'attire...
Une secrète voix m'avertit chaque jour
Que ma mère m'attend au céleste séjour,
Que rien ne restera de moi, sur cette terre,
Pas même un souvenir, un regret solitaire...
Rien, sinon ce bandeau que portaient nos aïeux,
Et qui descend sur toi, comme un rayon des cieux !
Héritière des Piast, reconnais ta famille !...
Nièce de Kasimir, je couronne sa fille :
A toi ce cercle d'or dont les rois sont jaloux ;
Laisse-moi le poser sur ta tête... à genoux !
(Elle essaie la couronne sur le front d'Anna).
Ma tâche est accomplie et la tienne commence...
Moi, j'attends seulement qu'un esprit de clémence,
Effleurant mes regards de sa palme de lys,
Montre un jour plus limpide à mes yeux affaiblis !
Et me dise, en prenant son essor vers la nue :
Viens, ma sœur ! Dieu t'appelle et ton heure est venue !
*On entend le clairon. Un rayon du soleil levant vient*
*couronner la statue de Kasimir.*

## SCÈNE VI.

LES MÊMES ; THÉRÈSE, *entrant du fond.*

THÉRÈSE.

Le clairon retentit du sommet de la tour :
C'est le second signal !

EDVIGE.

Soleil, ô roi du jour,
Salut ! reflet vivant de la divine essence !
Tout l'espace est rempli de la magnificence ;
Mais ni le cor joyeux, ni ton astre vermeil
De ces morts couronnés n'abrègent le sommeil,
Et l'éternité seule, éclairant leurs fronts mornes,
Marque un jour infini dans l'espace sans bornes !
Demain, à pareille heure, ô céleste flambeau,
Tes splendeurs s'éteindront sur mon pâle tombeau !

ANNA, *pleurant.*

Veux-tu donc remonter chez tes frères, les anges ?...
Et moi, qui t'aime tant ! Tes souhaits sont étranges !
Demeure parmi nous, toi, si chère à nos yeux,
Ou prends-moi sur ton aile, en fuyant vers les cieux !

EDVIGE.

Joie et deuil, tout s'éteint dans ce monde éphémère :
Demain, tu seras reine ! et moi, près de ma mère ;
Qu'importe !... si je meurs, la Pologne vivra !
Par moi, libre et puissante, elle me bénira...
Le pauvre peuple ira prier pour son Edvige !
Rien n'est vrai que les pleurs... tout le reste est prestige...
Laissez-moi seule !...

THÉRÈSE.

Viens !...

ANNA.

Que Dieu veille sur toi !...
*Elles sortent par le fond.*

## SCÈNE VII.

EDVIGE, puis ALDONA.

Sauveur des nations, es-tu content de moi ?...
Vous aussi, mes aïeux ! Boleslas-le-Superbe,
Pareil au moissonneur incliné sur sa gerbe ;
Toi, le plus grand des Piast, qui dors sous ce rocher,
Dont jamais nos voisins n'oseront approcher ;
Vous tous, que l'aigle blanche a couvés sous son aile !
Je veux rendre après moi la Pologne éternelle ;
Que mon honneur succombe, ou qu'il soit triomphant,
Je suis digne de vous, bénissez votre enfant !...
Dominer le Germain, tarir l'idolâtrie,
Rendre au monde la paix, aux proscrits la patrie,
Donner au géant slave un cœur, une âme, un roi,
Est-ce assez pour mourir ? vous tous, répondez-moi !
Jadis, peuple fait homme, à ce cor qui résonne
On voyait se dresser ta royale personne,
Debout, dans la splendeur de sa mâle beauté ;
Ta forte main saisir le glaive à ton côté :
Aujourd'hui, tu ne peux soulever ta paupière ..
Tu dors, soleil éteint, sur ta couche de pierre !
Quand pourrai-je de même à tes pieds m'endormir,
Dans ton linceul de gloire, ô grand roi Kasimir ? ..
*Elle s'agenouille et prie au pied du monument.*

ALDONA, *dans le fond.*

Reçois le sang d'Edvige, ombre de ma patrie !
Me venger et mourir... Approchons : elle prie ?
Un sanglot de douleur à son âme échappé ?...
Keystut priait aussi quand ce fer l'a frappé !...
Des pleurs ?... Non, tu vivras !... Essayons d'autres armes,
Ce poison doit tarir la source de mes larmes...
Edvige !...

EDVIGE.

Est-ce bien toi, chère Anna ? c'est mon sort
Que tu viens m'annoncer ?

ALDONA,

Edvige !!..

**EDVIGE.**

Est-ce la mort
Qui m'appelle du fond de ces tombeaux ?

**ALDONA.**

Edvige !!!
Achève ta prière !... il faut mourir, te dis-je :
C'est moi !

**EDVIGE.**

Ciel ! Aldona ?

**ALDONA.**

Non ! la mort qui t'attend !...

**EDVIGE.**

Malheureuse, plus bas !... Kasimir nous entend !...

*Le tocsin se fait entendre jusque vers la fin de cette
scène ; le théâtre s'éclaire peu à peu.*

**AL[DONA.]**

Écoute !... le tocsin fait vibrer ces murailles :
Cette cloche de mort sonne tes funérailles !...
Avant que cet airain n'ait cessé de frémir,
Tu vas, dans ce tombeau, rejoindre Kasimir ;
Ton lâche défenseur succombe dans l'arène,
Et son sang rejaillit sur le front d'une reine !...

**EDVIGE.**

Le ciel est avec nous ! Mais que t'ai-je donc fait ?

**ALDONA.**

Ce que tu m'as fait, toi ?... Je suis folle en effet
De vouloir me venger ! Toi, si digne d'envie,
Toi, reine de seize ans, que m'importe ta vie ?...
C'est par toi que je perds tout espoir ici-bas :

**EDVIGE.**

Je n'ai pas souhaité son amour ni ta haine !

**ALDONA.**

Que dis-tu, malheureuse ?

**EDVIGE.**

Aldona, je suis reine !...

**ALDONA.**

Mais il t'aime, entends-tu, comme il n'aima jamais !

**EDVIGE.**

Dieu l'a fait mon époux, et moi, je m'y soumets.

**ALDONA.**

Reine Edvige, merci ! j'étais une insensée !
N'as-tu pas enchaîné son cœur et sa pensée
Par l'attrait tout-puissant, la douce royauté
D'un front épanoui dans toute sa beauté ?
Mais puisque tu connais des paroles secrètes
Pour soulever les mers ou calmer les tempêtes,
Fais qu'il ne t'aime plus !

**EDVIGE.**

Tu me prêtes en vain,
A moi, faible mortelle, un pouvoir tout divin :
Je ne puis que prier ce pouvoir tutélaire
Qu'un sourire de Dieu te console et t'éclaire !
C'est en lui que deux cœurs séparés par le sort
S'uniront embrasés d'un éternel transport !...
N'as-tu pas des parents, une mère chérie ?

**ALDONA.**

Que viens-tu me parler de parents ! ma patrie
A moi : c'est le tombeau ! le jour m'est odieux,
Rien ! je n'attends plus rien des hommes ni des dieux !
Mes parents sont les morts qui demandent vengeance :

Car la faux du Germain n'eut jamais d'indulgence !
L'amour de Jaghellon, idolâtre ou chrétien,
Cause de mon malheur, te présage le tien !
Les dieux n'ont pas béni votre hymen sacrilège !
Vous, vous avez le ciel, l'éternité ! que sais-je ?
Nous n'avons que ce monde, où l'on meurt sans retour ;
Son cœur est ma patrie, et mon ciel, son amour !...
Edvige... à tes genoux... c'est en toi que j'espère...
Jaghellon m'a perdue... il a tué mon père !

**EDVIGE.**

Et tu l'aimes, grand Dieu ?...

**ALDONA.**

Je voudrais le haïr ;
Mais ce cœur insensé ne veut pas obéir !...
On m'a dit que ta foi, c'est le désert de l'âme,
Qu'elle éteint ses ardeurs : la nôtre les enflamme !
Mon Dieu, mon tout, c'est lui ! mais tu ne peux savoir
Enfant, ce qu'est l'amour ! un amour sans espoir !

**EDVIGE.**

Guilhem !

**ALDONA.**

Tu l'aimes donc ?... Ce soir, tu seras veuve !...

**EDVIGE.**

Qui, moi ?

**ALDONA.**

Je l'ai trouvé, gisant, auprès du fleuve,
A deux pas du Vavel ; là, des sucs précieux
Ont rendu sa paupière à la clarté des cieux ;
Dis un mot : il vivra ! vous pouvez disparaître
Ensemble !... Jaghellon vous oubliera peut-être !...
Viens, tu peux le sauver !

**EDVIGE** *levant les mains.*

Le sauver ? Dieu puissant !

*Elle va pour sortir à gauche, et s'arrête devant l'autel.*

C'est l'anneau de Guilhem ? son écharpe du sang !...
Tu m'as trompée ! Il meurt !...

**ALDONA.**

Il est sauvé, te dis-je !
Veux-tu fuir avec lui, si je fais ce prodige ?

**EDVIGE.**

Va ! rends-lui cet anneau ; grâce, pitié pour nous !
Sa vie, au nom du ciel ! je t'implore... à genoux !

**2. ALDONA.**

La reine de Pologne aux pieds de sa rivale ?
Entre nous sa frayeur a comblé l'intervalle !
Je suis vengée !... Allons, faut-il partir sans toi ?
Guilhem a ton amour...

**EDVIGE,** *se relevant.*

Ladislas a ma foi.

**ALDONA.**

Eh bien, tu vas mourir !

**EDVIGE.**

Je ne crains que de vivre...
La vie est un exil dont la mort nous délivre !

**CRIS AU DEHORS.**

Vive la reine Edvige !

*On entend un coup de canon. Edvige tombe prosternée
au pied de l'autel.*

## SCÈNE VIII.

Les Mêmes; ANNA arrivant par le fond; VITOLD.

ALDONA.

Entends-tu ces clameurs?

1. ANNA.

Victoire à Ladislas !

ALDONA.

Il triomphe ?... eh bien, meurs !

*Elle s'élance le poignard levé sur Edvige; au même instant Vitold se précipite au devant, le poignard se brise sur son bras cuirassé.*

3. VITOLD.

A moi ce fer !

4. ALDONA, *avec rage.*

Vitold ?... Que ne l'ai-je étouffée !...

## SCÈNE IX.

Les Mêmes; JAGHELLON, LE DUC DE VARSOVIE, puis SIGISMOND, LA COUR.

4. LE DUC DE VARSOVIE.

Reine Edvige, à vos pieds j'apporte ce trophée :
Le glaive et le poignard de ce traître sans foi,
L'assassin de Guilhem !

EDVIGE.

Et son vengeur?

JAGHELLON.

C'est moi !...

ALDONA.

Lui !...

JAGHELLON.

Frappé comme un chêne abattu par l'orage,
Il se roule à mes pieds, avec des cris de rage :
Tout à coup, saisissant mon poignard, « un Germain
Ne doit périr, dit-il, que de sa propre main. »
En se perçant le cœur il s'est rendu justice.
Que la gloire d'Edvige en tous lieux retentisse :
Que les Slaves, brisant un pouvoir détesté,
S'unissent par l'amour, la foi, la liberté.

SIGISMOND, *apportant un écrit.*

A la reine !

JAGHELLON.

Donnez !

*Il le prend et le remet à Edvige.*

EDVIGE, *lisant.*

« Le jour où tu cesserais d'être à moi, j'ai juré de
» mourir, et je meurs... Au seuil de l'éternité j'espérais
» te revoir une dernière fois ; tu ne l'as pas voulu... je te
» pardonne et te bénis... Cette lettre écrite avec mon sang
» sera désormais tout ce qui doit te rester de ton Guilhem. »

JAGHELLON.

Edvige !

ALDONA, *prenant le poison.*

A toi, perfide !...

Sachez donc que cet homme est un vil parricide ;

Afin que vos mépris reconnaissent partout,
Dans le roi Ladislas, l'assassin de Keystout !

## SCÈNE X.

Les Mêmes; ADALBERT.

3. ADALBERT, *entrant par le fond.*

Ladislas ! mes enfants...

ALDONA.

Ce n'est pas un fantôme ?
C'est lui ! Keystout... mon père ! Oui, du sombre royaume
Il devait m'apparaître, au jour de mon trépas !...

ADALBERT.

Aldona !...

*Il lui tend les bras ; Aldona veut s'y précipiter, elle aperçoit la croix sur le sein de son père et recule.*

ALDONA.

Cette croix !... je ne vous connais pas !

6. VITOLD.

Ma sœur !

5. ALDONA.

Oses-tu bien, esclave téméraire,
Prendre ici, devant moi, le saint nom de mon frère ?. .
Toi, mon frère, as-tu dit ! Le sang du ravisseur
A t-il déjà lavé les affronts de ta sœur ?
D'une sainte victime a-t-il vengé la cendre ?
C'est Vitold qu'il se nomme : on t'appelle Alexandre !
Va, tu n'es pas mon frère !

(*à Jaghellon*).

Et toi, pour qui je me rs
Traître ! jouis en paix du fruit de nos malheurs ;
Mais puisse de ton sang entaché d'infamie,
Naître un jour, de démons, une race ennemie,
Qui, jaloux de régner sur ce peuple insolent,
Aux pieds de ses bourreaux le jette tout sanglant !
Puisse le dernier roi de cette race immonde
Voir ton peuple détruit, dispersé dans le monde,
Et lui-même expirer, l'instrument et l'appui
Des esclaves d'hier, des tyrans d'aujourd'hui !
Va ramper sur le trône aux pieds de ta complice :
Mais bientôt cet amour deviendra ton supplice ;
Et lorsqu'à tes forfaits l'univers applaudit,
Jaghellon... reine Edvige... Aldona vous maudit !

*Elle meurt entre les bras de son père et de Vitold.*

EDVIGE.

Et moi, je te bénis !... Malheureuse victime,
Dieu te juge et t'absout, car ta mort fut un crime !
Faible cœur, tu n'as pu survivre à ton amour...
Pauvre exilée, adieu, remonte à ton séjour

ADALBERT *tombant à genoux.*

Seigneur ! en ton séjour,

Tu vas nous réunir !...

*Les drapeaux s'inclinent sur le corps d'Aldona.*

JAGHELLON, *aux chevaliers.*

Achevons la besogne :

Citoyens, à Malborg ! et gloire à la Pologne !...

FIN.

# EDVIGE-LA-BELLE.

CHANT HISTORIQUE

## d'après J.-U. NIEMCEWICZ

> Fair, as the first that fell of womankind ;
> Soft, as the memory of buried love ;
> Pure, as the prayer wich childhood wafts above
> Wa...che...
> LORD BYRON : — *The bride of Abydos.*

Des anciens Piast la race allait s'éteindre ;
Il ne restait, frêle appui de leurs droits,
Qu'un front de vierge, un faible front, pour ceindre
Le lourd bandeau porté par tant de rois.
Qu'importe ! aux vœux de ce peuple fidèle,
La tige antique offre un seul rejeton ;
Seul, mais charmant ! et d'Edvige-la Belle
Les Polonais ont retenu le nom.

Hors ses vertus, rien n'égalait ses charmes ;
Princes, barons, chevaliers, potentats,
A tant d'attraits, fiers de rendre les armes,
Briguaient sa main et surtout ses Etats.
Mais Ziémowit, jeune et hardi, s'écrie :
« Moi, fils des Piast, je serai son époux ;
Moi, digne chef d'une troupe aguerrie,
L'épée en main, je tente un prix si doux. »

Guilhem d'Autriche, à sa haute naissance,
Unit encore un puissant souvenir :
Edvige en lui voit un ami d'enfance
Et le passé lui promet l'avenir.
Quel est pourtant ce rival qu'environne
Des fils du Nord un pompeux bataillon ?
A son épaule un carquois d'or résonne :
Place à Vitold, frère de Jaghellon !

« Dame, dit-il, trève à nos longues guerres,
De Jaghellon les Etats sont à toi,
Et s'il le faut, pour la foi de tes pères,
De ses aïeux il abjure la foi !
Guilhem alors : « Edvige m'est promise ;
A mon amour qui la disputera ?
A nos serments la Pologne est soumise. »
Vitold répond : « Le glaive jugera ! »

Mais Ziémowit : « Ma race généreuse
N'attend, dit-il, ni dédains ni refus ;
Si Jaghellon rend la Pologne heureuse
Qu'il règne ! Un Piast ne prétend rien de plus. »
Guilhem tressaille et la reine soupire :
« Des deux pays l'intérêt est ma loi ;
A mon bonheur leur bonheur doit suffire,
Que Jaghellon soit mon maître et mon roi ! »

A deux genoux, dans la pieuse enceinte
Le chef païen voue à Dieu ses Etats ;
Et le primat, en lui versant l'eau sainte,
Donne au grand-duc le nom de Ladislas.
A ses côtés, martyre couronnée,
Edvige en pleurs fait entendre sa voix :
« Peuples, pour vous cette main fut donnée !
Goûtez en paix les doux fruits de mon choix. »

Son âme est tendre et pourtant intrépide ;
La femme est reine ! au moment du combat
Le casque au front, sur un coursier rapide,
Elle défend la patrie en soldat.
En vain le Russe a franchi sa limite,
Tandis qu'au loin guerroyait son époux,
Elle paraît : l'ennemi prend la fuite,
Et le rebelle a plié les genoux.

Trop tôt la mort, de cette vie austère,
Interrompit l'utile et chaste cours ;
Ce cœur si haut, des douceurs de la terre
N'a rien gardé, repos, plaisirs, amours !
Mais n'est-ce rien qu'une gloire immortelle ?
Le noble peuple où régna Jaghellon
La pleure encore ; et d'Edvige-la-Belle
Les Polonais ont retenu le nom.

Mme AMABLE TASTU.

Imprimerie de Madame Veuve DONDEY-DUPRÉ Rue Saint-Louis 46, au Marais.

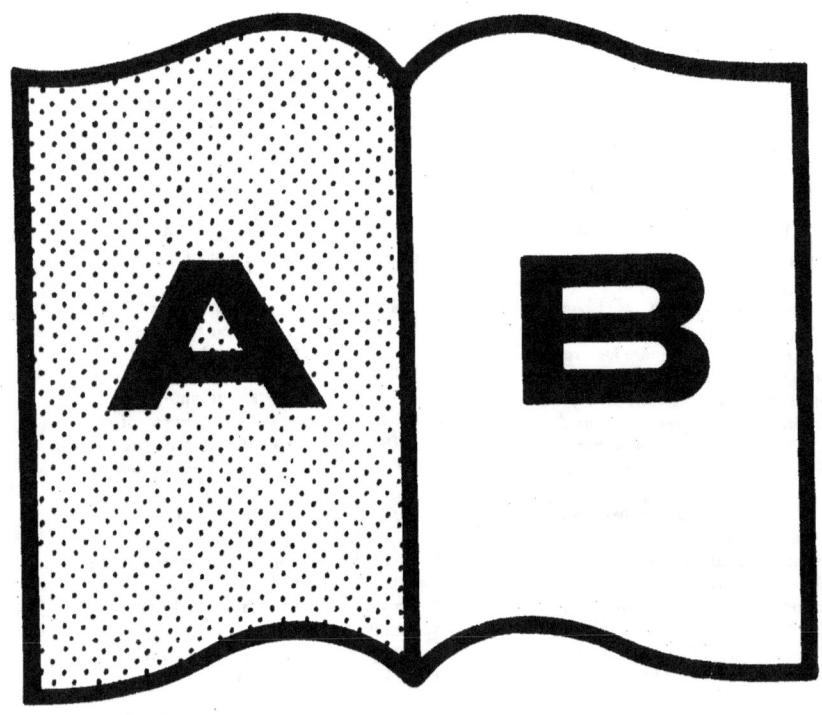

Contraste insuffisant

**NF Z 43**-120-14

www.ingramcontent.com/pod-product-compliance
Lightning Source LLC
Chambersburg PA
CBHW061615180626
46818CB00005B/2079